À D. et P. Guyomard,
qui m'ont aidée à trouver ma parole.

Bonjour Pa’

Du même auteur

Une force et une consolation
avec Véronique Olmi
Éditions de l'Observatoire / Humensis, 2018

Papa,

Je t'écris, je ne dois pas l'avoir fait depuis au moins trente ans, mais cette nuit j'ai rêvé que je voulais revenir dans votre maison vide. Je me rendais compte que je n'avais plus les clefs de la porte d'entrée. J'essayais de téléphoner à Rosa, mais je n'arrivais pas à composer son numéro, tout cela au milieu d'une grande place où circulait une foule que j'essayais d'éviter. Tu vois où j'en suis…

Par moments l'angoisse me submerge et je dois faire un effort pour me dire que je ne vais pas mourir étouffée dans les heures prochaines. Je guette le moindre de mes souffles, je suis accrochée à mon thermomètre. Figure-toi que j'ai eu une infection pulmonaire il y a deux mois. Du coup, tout le monde me dit de faire attention et ça ajoute à mon stress.

Papa, tu as bien fait de partir marcher sur les étoiles depuis longtemps. Si tu revenais, tu serais abasourdi par ce monde froid, lisse, si formaté, où les échanges se sont réduits comme peau de chagrin. Si je croyais en qui que ce soit, je me dirais qu'Il n'aime pas du tout ce que ce monde est devenu et qu'Il veut refaire le coup de l'arche de Noé, c'est pas possible ! Enfin, je pense que nous serons plus forts que lui.

Je t'écris, j'entends Pavarotti chanter *O sole mio* et je me rappelle t'avoir téléphoné pendant le tournage de *Marius et Jeannette* pour te demander les paroles. J'avais peur de me tromper et je me souviens de ton hésitation : « Mais pourquoi cette chanson ? » Encore une fois, faire disparaître toute italianité… cette incroyable douleur d'avoir été regardé comme un moins que rien, de ne pas être un « vrai » Français. Je peux te dire que ce sentiment est toujours très vivace chez les jeunes gens qui habitent la cité en face de chez moi. Juste, ce ne sont plus des Italiens. Aujourd'hui être italien, c'est très chic, ça me fait beaucoup rire.

Papa, je voulais aussi te dire autre chose, tu vas être arrière-grand-père. Tu y crois toi à ça ? Moi je n'arrive pas encore à réaliser que je vais être grand-mère. Je suis toujours celle que tu appelais « Petit Coco » et qui chantait tout et n'importe quoi avec toi dans le jardin de la rue d'Alger, de l'opéra au *Chant du départ*. Eh bien, Petit Coco va devenir, je l'espère, celle à qui on se confie, et tu sais quoi, Valentine, car c'est d'elle qu'il s'agit, va nous faire un petit garçon… J'aurais bien aimé voir ta tête à l'annonce de cette nouvelle.

Papa, je n'aime pas cette époque, je la déteste, rien ne ressemble à ce qui me ravit le cœur. Seuls les liens avec mes amis m'apportent de la chaleur et je me bats tous les jours pour les entretenir. Je m'appelle Ariane. C'était ta volonté, et je soigne très jalousement les fils que j'ai tissés. C'est comme une forteresse qui me protège de ce monde effrayant.

Bon, je vais avoir beaucoup de temps pour te parler. J'arrête pour aujourd'hui.

Je t'embrasse Pa'

Papa bonjour,

Nous sommes le 24 mars. Comme je tiens toujours la quarantaine avec Robert – il n'y a qu'une semaine qu'il est rentré de son tournage en Afrique –, j'ai immigré dans la petite chambre verte. C'était celle de Madeleine quand elle était enfant. Le soleil aujourd'hui y entre à grands flots, la fenêtre est ouverte. J'entends les rares voix des personnes qui parlent dans ce désert urbain décrété national. Je me suis assise par terre, le dos appuyé au lit, et je reçois la vitamine D que le soleil veut bien me donner. Cela fait longtemps que je ne me suis pas assise par terre, je ne sais pas si on peut appeler ça une régression ou bien retrouver son comportement premier. Dans votre maison, j'étais toujours assise au sol ou sur la marche qui menait au jardin. En fait, j'adore l'inconfort, il me permet de me servir de mon corps, de l'éprouver.

On entend un avion qui passe au loin. Des tas de bruits, de sensations sonores refont surface, l'agitation de notre époque les avait gommés. Je t'assure, la rue respire comme en été à Marseille en 1966. Lorsque je mets de la musique, mes voisins, moyens modernes obligent, m'envoient des messages pour me dire ce qu'ils aiment.

C'est difficile d'être enfermé mais, pour être honnête, il y a quelque chose qui me plaît, comme si tout reprenait taille humaine. Je ne me sens plus engloutie par ce rythme absurde dans lequel nous sommes obligés d'avancer. Là, d'ailleurs, nous n'avançons plus du tout, nous faisons du surplace. Je sais que les difficultés sont en train de s'amonceler, mais pour une fois, je suis totalement égoïste et je me moque de ma bonne conscience. Mieux, je me dis que ça peut être enthousiasmant de tout faire repartir, dans les difficultés et l'inconfort.

Je crois que je me suis vraiment trompée d'époque. C'est ta faute aussi, à vouloir que nous soyons ingénieux au milieu du naufrage de cette drôle de famille. Il n'y avait pas d'autre solution : ou on trouvait une porte de sortie ou on sombrait, sauf que la porte de sortie ne pouvait être que bancale.

Je ne t'écris pas pour t'accabler. Je t'écris pour partager, mais partager, ça veut dire aussi te mettre face à des choses que tu as toujours voulu éviter.

À demain Pa'. J'espère qu'il y aura encore du soleil

Bonjour Papa,

Des nouvelles du front. J'ai de plus en plus l'impression que c'est de cela qu'il s'agit : on nous enfonce la tête sous l'eau, comme si on nous préparait à l'Apocalypse. Et peut-être bien que ce n'est pas sans rapport, mais je ne veux vraiment pas m'y résoudre.

Je regarde le soleil incroyable qui brille sur Paris, comme s'il voulait nous narguer. Les fleurs s'ouvrent dans le jardin, la nature nous fait un gigantesque pied de nez. Elle nous remet à notre place, nous, êtres prétentieux et arrogants, qui nous entassons affolés et perdus dans nos terriers plus ou moins confortables. Certes, il y a toujours des don Quichotte qui veulent se croire plus forts et qui bravent, stupides et inconscients magnifiques, les règles de salut public.

Les jours se suivent et ne se ressemblent absolument pas, en ce qui me concerne. Cet afflux d'informations me paralyse par moments. Je me souviens qu'enfant tu me protégeais de ça : quand tu t'apercevais que la réalité me terrifiait, tu éteignais la radio ou tu changeais de station, enfin pas toujours. Un jour particulier, tu as mesuré l'étendue de ma fragilité : celui où John Kennedy fut assassiné. Il était vingt heures, nous étions à table. À l'annonce de sa mort, j'ai lâché la cuillère que je tenais et je me suis étouffée, jusqu'à suffoquer. Je n'avais pourtant aucun lien avec Kennedy et je savais à peine qui il était. Tu te souviens de ça ? Des années plus tard, je pense que c'est peut-être la première fois que j'ai eu conscience de la mort et de son pouvoir de terreur sur moi. Comme je m'étouffais vraiment, vous avez commencé à vous affoler autour de la table. Tu t'es levé et tu m'as administré une incroyable paire de claques. Puis tu m'as déshabillée et tu m'as mise sous une douche très chaude dans notre minuscule salle de bains qui ressemblait plus à un placard qu'à autre chose. Tu ne parlais pas, mais tes gestes étaient précis, calmes, enveloppants. Je me souviens de m'être endormie dans la serviette avec laquelle tu me séchais, dans tes bras. Personne ne devait nous approcher. J'ai le souvenir précis de me sentir parfaitement protégée. Rien ne pouvait m'arriver, absolument rien.

Aujourd'hui, même si je conçois que la manière était un peu barbare, j'aurais besoin d'un petit traitement paternel pour calmer mon angoisse. J'ai décidé d'arrêter d'écouter les informations qui ne parlent que de la mort et des difficultés à la combattre. Je me surprends à en vouloir à ceux qui sont partis se confiner à la campagne et à les jalouser dans le même temps. Je passe par des moments de témérité et des instants d'anxiété terrible. Je pense à mes enfants qui sont loin de moi. Je les sais protégées mais notre éloignement me pèse. Tout se bouscule sans cesse dans ma tête. C'est très fatigant et irritant. Je m'en veux terriblement de ne pas être capable de calmer ces soubresauts de l'âme.

Tu vois, hier, la nostalgie des étés de mon enfance me permettait de respirer tranquillement. Aujourd'hui, ce sont ces cauchemars qui sont la cause de mon tourment et qui m'oppressent.

À demain Papa, tu me manques, bien sûr

Bonjour Papa,

On est samedi, début du week-end. Normalement l'ambiance change ce jour-là dans la rue, les bruits ne sont plus les mêmes, ils sont moins envahissants : moins de camions de livraisons, plus de gens à vélo et plus de parents avec des enfants sans cartable qui vont faire des courses ou simplement se balader. Ironiquement, le soleil a brillé toute la semaine et aujourd'hui encore ses rayons cognent les vitres de ma chambre. Je ne vais pas tarder à ouvrir la fenêtre pour faire entrer ce début de printemps sinistre.

J'ai toujours adoré cette saison. Je savais, enfant, quand le printemps était vraiment arrivé. J'avais droit comme à une cérémonie de célébration : c'était le premier dimanche où ma mère, après ma toilette, ne me remettait pas mon « tricot de peau », où je pouvais porter ma jupe plissée blanche, mes chaussures passées au blanc d'Espagne, et des chaussettes neuves éclatantes. Pour sortir, j'avais droit à mon petit paletot rouge sur la poche duquel était cousu un écusson. C'était celui de mon cousin plus âgé de deux ans dont je récupérais certains vêtements. Il s'appelait Guy et avait les yeux d'un vert qu'on ne peut retrouver que dans le cours des rivières de montagne. D'où un sentiment légèrement confus et un peu amoureux pour ce cousin. Le paletot se boutonnait à l'envers, mais à cette époque je ne connaissais rien au boutonnage différent selon le sexe. D'ailleurs je n'avais pas encore bien choisi le mien : voulais-je être une fille, auquel cas, je ne pouvais être que danseuse étoile, ou voulais-je me battre pour conquérir une éducation dite masculine, qui me permettrait une plus grande liberté de vie ? Cette question était floue et a persisté longtemps en moi. Voilà pourquoi bien souvent j'étais qualifiée de garçon manqué… donc de fille réussie, non ? Le fait est qu'aujourd'hui je ne reconnais toujours pas très bien les différents boutonnages…

Ce jour-là, ma joie était immense sur le boulevard bordé d'énormes platanes – aujourd'hui abattus pour cause de maladie –, quand j'allais voir ma grand-mère. J'adorais ma tenue et c'était le début des beaux jours, le plaisir d'aller à l'école quand la douceur saisonnière rendait la maîtresse plus attentive, et même souriante.

Tu te rappelles les Rameaux, qui te faisaient toujours dire à toi le mécréant : « Fais attention de ne pas faire Pâques avant les Rameaux ! » Je croyais que c'était juste une histoire d'organisation du temps. Bien plus tard, j'ai compris que ça voulait dire de ne pas s'envoyer en l'air avant le mariage.

Cette incroyable période dans laquelle nous sommes plongés à travers le monde doit provoquer chez tous la même régression individuelle, tu ne crois pas ? On va se réfugier dans le temps de l'inconscience pour ne pas devenir fou à force de conscience.

Quel gâchis ! Quelle horreur, quelle honte ! Quelqu'un comme moi ne peut faire qu'une seule chose, ne pas bouger et compter les morts. Il y a un spectacle que je joue où je dis, véridique : « À force de nous confiner, de nous contorsionner, nous avons fini par disparaître ! » Eh ben on y va, mais ce coup-ci pour de vrai. Comme quoi l'art et l'artiste sont toujours un pas en avant de la réalité.

Bon allez, je vais ouvrir la fenêtre et respirer l'air de Paris qui n'a jamais été aussi pur depuis quarante ans.

Je t'embrasse si fort

Bonsoir Papa,

C'est une lettre du soir, cette fois. Les journées s'étirent sans fin et sans surprise. Chaque jour se raccroche à l'autre, sans événement, si ce n'est un nombre toujours grandissant de morts, qui quittent la vie seuls, sans aucun accompagnement possible, ça me désespère.

La vie d'un être humain commence avec des gens qui l'accueillent et finit avec ceux qui l'accompagnent dans un dernier adieu. Jusqu'à présent c'était ainsi que l'on célébrait le début et la fin d'une vie. Depuis un mois en France, les enfants naissent et, à part leur mère épuisée, personne ne les prend dans les bras. D'autres, qui ont eu toute une vie d'émotions heureuses et tristes, font un dernier tour de piste dans la solitude la plus complète au son de respirateurs artificiels. Je trouve cela épouvantable. Les rites essentiels qui prouvent l'existence d'un être sont réduits pratiquement à néant. Dans la folie dans laquelle nous pataugeons, la reconnaissance de la personne est niée totalement.

Tout ça à cause de clowns irresponsables, de décideurs qui depuis tant d'années méprisent la nature humaine !

Tu imagines, si tes funérailles n'avaient pas été célébrées ? J'en garde un souvenir triste, bien sûr, mais j'étais contente de t'accompagner avec mes frères et les amis, et surtout de faire cette balade à trois, avec tes fils Pierre et Gilles, dans le massif de la Sainte-Baume : ce mistral incroyable de novembre, et nous trois en train de chercher un lieu pour répandre tes cendres. Finalement, nous avons trouvé un grand pin et nous avons décidé que ce serait là que ta poussière et toi reposeriez. Mes frères m'ont fait l'honneur du premier geste, au moment où j'ai enlevé le couvercle et penché l'urne pour disperser tes cendres, un sacré mistral nous a enveloppés et une partie de toi s'est retrouvée sur mes chaussures. J'ai dit : « Pa', mes pompes ! » Il fallait bien que je passe par l'humour pour supporter que mon père à moi soit réduit à une fine couche de poussière grise sur mes chaussures rouges.

J'ai eu comme un double sentiment à ce moment exact, j'étais orpheline et j'étais soulagée du poids de ta maladie qui avait duré et qui m'avait placée face à des situations étranges. Devoir te laver, te changer et répondre à ton dilemme : « Ariane, je n'ai plus envie de vivre et j'ai peur de mourir. » Que pouvais-je te dire, moi ta fille ? Tu étais mon père, celui qui normalement devait me donner les réponses aux interrogations de la vie. Il faut avouer que parfois tes réponses étaient fantaisistes, pleines de superstition, de magie de quatre sous. Mais tu racontais si bien les histoires : tes contes ont influencé ma manière de voir le monde. Je ne le regrette en rien, simplement, parfois, j'ai du mal à faire le point avec la réalité.

En ce moment la réalité est horrible. Personne dans notre société de consommation, comme on disait dans les années 70, n'a été préparé à cette fiction réelle. Je me demande si des sociétés aux rites archaïques s'en sortiraient mieux que nous. Peut-être affronteraient-elles plus simplement ce chaos, avec moins de panique, plus de sagesse, de solidarité, j'allais dire de dignité. Nous avons tant à apprendre de ceux que nous considérons comme « hors du monde civilisé » et sur qui nous jetons le regard arrogant et fatigué de ceux que la certitude étouffe. Aujourd'hui les hommes-baudruches que nous sommes se débattent lamentablement pour faire survivre notre mode d'existence aussi fragile que superficiel.

Et au milieu de tout cela, je pense à ce petit enfant que Valentine fabrique... dans quel monde va-t-il atterrir ? Nous lui devons tout, il n'a rien demandé, c'est de ma responsabilité de lui apprendre le beau et le bon.

Ah, ce soir, je te jure, c'est pas ça ! Je suis traversée par une colère tellement grande contre des inconscients qui sont au bout du compte des criminels (et le compte est vraiment élevé) et par une tristesse si profonde, un sentiment de perte. L'idée de rester enfermée encore des semaines et l'impossibilité de voir les filles deviennent très pesantes.

Bon, ce n'est pas la peine que je m'attarde ce soir, sinon tout ça va finir en jérémiades. Si jamais tu pouvais passer me voir dans un de mes rêves, ça m'arrangerait.

Je t'embrasse Papa, bonne nuit

Bonjour Pa',

Nous sommes lundi, début de la quatrième semaine de confinement. Notre patience est mise à rude épreuve. Je n'arrive plus à écouter ces « spécialistes » qui parlent à la télé, à la radio et qui pédalent comme une souris dans sa roue. Les « il me semble », les « on pourrait dire » ne me sortent même pas des oreilles mais des trous de nez ! À cela s'ajoutent les gens qui, dès qu'un dimanche est ensoleillé, se mettent à sortir dans les rues de Paris « parce que les enfants n'en peuvent plus »… Se poser simplement la question de se croiser à trois mille dans les rues et de se contaminer et donc de faire durer encore ce confinement, ça non, ça ne traverse pas leur esprit !

Je me rappelle combien je me disputais avec toi quand tu me disais ne plus vouloir croiser le genre humain et que les gens te faisaient vomir. Tu avais décidé de ton propre confinement. Je me rappelle la véhémence de mes propos. Je te traitais d'égoïste, de lâche, tu ne répondais qu'une chose : « Je ne peux plus les supporter. » Ces frères humains qui, il est vrai, t'en avaient fait baver… Aujourd'hui j'aurais parfois tendance à te ressembler.

Je suis par moments atterrée par la bêtise, l'inconscience humaine !

Comment vais-je faire pour expliquer au petit enfant qui va venir que son prochain est un être attentif et bienveillant ? Regardons en arrière, voilà des décennies que l'on fait entrer dans la tête des peuples que le meilleur moyen de s'en sortir c'est d'anéantir son semblable. Depuis la chute du mur de Berlin, cela s'est emballé et aggravé, le modèle libéral s'est emparé de toute la planète, nous avons été colonisés jusqu'au plus profond de nos êtres par une pensée individualiste et violente ! Il faut se battre avec une énergie herculéenne pour arriver ne serait-ce qu'à émettre une pensée différente et solidaire ! On s'est fait avoir. Nous voilà piégés, et devant cette catastrophe sanitaire qui convoque l'essentiel, nous sommes bien ridicules, faibles et ignorants du futur de l'humanité. Qu'est-ce qu'ils vont apprendre, les enfants témoins de cette incurie ?

Je suis née dans un monde sans argent, fille de la classe populaire. J'y ai appris une culture du monde et des sentiments, et j'aime ça. J'ai grandi, malgré des difficultés, dans l'insouciance du devenir de cette planète, qui était pour moi très solide, très accueillante. Je ne crois pas que les enfants du XXIe siècle connaîtront mon insouciance. Ils devront se battre pour retrouver des ambiances urbaines ou campagnardes qui, pour moi, étaient naturelles : les hirondelles arrivaient au printemps, la neige l'hiver tombait sur les montagnes. Et les antibiotiques étaient des médicaments miracles.

Je ne prône pas un retour en arrière. Au contraire, je voudrais que tous ces progrès scientifiques et techniques soient au service de l'humain, juste de l'*humain*.

Je crois que j'en veux un peu à tout le monde et à moi bien sûr. J'aurais dû être plus exigeante, avec une parole plus claire, capable de me faire entendre par tous et non pas seulement par un cercle où chacun se reconnaît dans l'ensemble des autres.

L'homme est bien velléitaire, je le mesure ces temps-ci, sacrément. Tous ces amis partis dès l'annonce du confinement dans leurs maisons de campagne, qui vivent ce temps terrible comme une parenthèse. Ils envoient des photos des fleurs de leurs jardins, je trouve ça obscène ! Ce n'est pas une parenthèse mais le temps présent, le temps dans lequel nous vivons réellement, et moi, je ne veux pas le fuir !

En fait je suis très en colère, trop en colère, je me fais du mal toute seule. Mais je crois tout de même qu'après ce confinement, il ne faudra pas trop me chatouiller avec les propos de ces donneurs de leçons. J'aimerais bien mettre quelques gifles, ha ha ha !

Bonsoir mon cher Papa

Papa,

Minuit est passé depuis longtemps et je n'arrive pas à trouver le sommeil. J'essaie de m'étourdir avec les réseaux sociaux. Ce n'est pas bien efficace, au contraire, certains épanchements m'ennuient et me désespèrent. Des tas de gens que je connais peu ou pas publient des photos d'eux enfants. Ça me stupéfie. Je suis peut-être prude ou austère, je ne sais pas si c'est le bon mot, mais je n'ai pas envie que des gens avec qui je n'ai aucun lien reçoivent sur leur téléphone un témoignage de mon enfance. C'est ma vie, et je ne vois pas l'intérêt de la partager avec des personnes dont je ne sais rien. Car au fond, tous ces « amis », je ne les connais pas pour la plupart. S'il m'arrive parfois de livrer un témoignage de ma jeunesse, c'est souvent sans intention. C'est parce que cela m'échappe, tout simplement, parce qu'elle m'accompagne en permanence. On ne peut même pas dire que c'est un témoignage, les temporalités se confondent et se juxtaposent souvent dans ma tête. Je n'ai pas bien compris cette histoire de l'âge en général. Je me raccroche à celui de mes artères !

Tu vois, nous sommes arrivés à un monde où on peut se créer de fausses intimités. On échange avec des gens qu'on ne rencontrera jamais de sa vie, qu'on ne regardera jamais dans les yeux, à qui on ne serrera jamais la main ! C'est fou, non ?!

Sur un réseau qui s'appelle WhatsApp, on m'a incluse dans un groupe qui s'est formé au début du confinement pour se soutenir les uns les autres. Je connais l'initiateur de cette démarche, mais pratiquement personne d'autre, et je ne suis pas la seule. Tous ces inconnus s'échangent des vidéos, des recettes de confection de masques de protection – car nous vivons dans un pays du tiers-monde, l'État est toujours incapable de fournir des masques à la population au bout de quatre semaines de confinement. Donc, ces inconnus se racontent des trucs sur leur famille, leur confinement – qui pour beaucoup se passe à la campagne, près de vingt pour cent de la population parisienne a fui en province… Tu imagines bien que ce ne sont pas ceux qui habitent dans la cité en face de chez moi. Enfin, tous s'écrivent des : « Oh, je ne vous connais pas, mais ça me fait beaucoup de bien de vous lire », et je suis sûre qu'une fois que nous pourrons ressortir, ils s'oublieront aussitôt.

Je suis peut-être trop exigeante dans mes rapports aux autres mais tout cela me paraît inutile, faux, fabriqué. J'ai laissé quelquefois un petit message, il faut être polie, mais je me lasse et je crois que je ne vais bientôt plus rien lire ni écrire. Ce soir, il y a je ne sais combien de photos de la lune rose, il paraît que ce n'est pas tous les jours. Moi, je n'ai pas envie qu'on m'envoie ces photos. Mon rapport à la lune est intime, et je n'ai pas envie de savoir ce que ça fait aux autres.

Nous sommes dans un temps où les gens sont d'une impudeur fabriquée selon des schémas bien précis, définis par la culture de la bourgeoisie. D'ailleurs, la bourgeoisie est impudique, elle parle fort et affirme ses modèles comme étant les seuls valables, sans jamais souffrir du moindre doute. Ce qui est terrible, c'est qu'elle croit que son langage est le seul autorisé. Elle n'imagine même pas qu'il en existe d'autres. Et quand elle est confrontée à une expression différente, elle la regarde avec intérêt parfois mais comme si elle venait d'une langue étrangère. C'est pour cela que je dis souvent que je suis bilingue… Papa, on reparlera de tout ça, mais là il faut que j'essaie de dormir.

Je t'embrasse très fort. Tu te rappelles quand certaines nuits, en dormant, tu chantais *Le Temps des cerises* au ralenti, comme un magnéto en fin de course ? Ça me flanquait une sacrée trouille !

Bonne nuit Pa'

Bonsoir Pa',

Depuis deux jours le printemps a tourné à l'été. Au fond du jardin le lilas est en fleur. Chaque fois que je le regarde, les paroles de cette chanson de Michel Legrand me reviennent en tête : « Mais tous les lilas, tous les lilas de mai[1] », et nous ne sommes même pas le 15 avril ! Ça me terrifie, je regarde à la fenêtre passer les gens, qui au demeurant sont de plus en plus nombreux. Ils sont en tee-shirt et sandales.

Cela dit, c'est une chose qui m'a toujours frappée à Paris : dès le moindre rayon de soleil, tout le monde se déshabille et traîne aux terrasses de café. Je me rappelle la première année où j'ai habité ici, il y a environ quarante ans, ça m'avait terriblement étonnée, une espèce d'hystérie collective faisait perdre tout bon sens aux Parisiens ! Ils se jetaient sur les pelouses, traînaient et même se mettaient en maillot sur les bords de la Seine, ce qui me semblait complètement stupide. Pour moi, native du Sud, on bronze au bord de la mer et puis c'est

1. Michel Legrand, *La Valse des lilas.*

tout. Alors, même si aujourd'hui la mode du bronzage en a pris un coup – plus question de rester sans bouger allongé enduit de graisse à traire, on a tout de même fait des trucs fous ! –, les Parisiens gardent à la chaleur le rapport de ceux qui ne savent pas très bien ce qu'est la chaleur. Mais si ça continue, il y aura bientôt des baobabs sur les Champs-Élysées !

Depuis quelques jours, un arrêté empêche les joggeurs de courir à Paris dans la journée. Il faut donc y aller entre six et dix heures le matin ou le soir après dix-neuf heures. Je n'ai jamais vu autant de gens courir depuis le confinement. Enfin, pas les gens de la cité d'en face, non, le joggeur est plutôt représentatif de cette classe de la petite bourgeoisie un peu intellectuelle qui est allergique au gluten. Tiens, je n'en entends plus parler des méfaits du gluten. Les rayons de farine sont dévalisés dans les magasins, mais ce sont des paquets de farine normale. Tout le monde a recommencé à supporter le gluten ? Je n'ai aucune haine pour le joggeur (ni pour les intolérants au gluten) mais, tout de même, ils m'interrogent ces gens. Alors que nous devons respecter une distance d'au moins un mètre entre nous, je voudrais que tu les voies là. Ils courent les uns à côté des autres, et quand ils s'arrêtent pour faire des exercices d'assouplissement, ils créent une grappe humaine sur les installations mises à cet effet sur les quais. J'ai envie de les interpeller violemment : avec leur stupidité, on va rester enfermés jusqu'à quand ?

Les hommes sont étranges. Je t'avoue être parfois très intolérante.

J'ai vu ce soir à la télévision une infirmière épuisée et en colère qui demandait aux gens d'être responsables. Parce que c'est elle et ses collègues qui récupèrent les sans souffle, les asphyxiés ! Pendant que certains se battent jusqu'à en tomber malades, d'autres s'arrogent le droit de penser et d'agir seulement en fonction d'eux-mêmes ! Avoue que ça mérite des coups de pied au cul, non ?

Ce matin, je suis sortie faire des courses, encore une fois totalement terrorisée. J'ai longé le terrain de foot, absolument vide maintenant, et j'ai repensé à ces beaux gosses qui couraient joyeux et inconscients sur le terrain avant le coup de sifflet qui nous a tous mis à l'arrêt. Je me demande comment ils passent leurs journées, confinés avec leur famille dans un de ces appartements aux petites pièces qui ne laissent aucune place à la solitude, si bienvenue parfois.

Dans mon département, le 93, on meurt beaucoup. C'est le plus pauvre de France, donc c'est sa population qui est la plus touchée par l'épidémie. J'espère sincèrement que tout le monde va bien chez lui. C'est un sacré truc que nous sommes en train de vivre, Papa, sacrément moche, révélateur du genre humain. Je me dis que pendant la guerre, toutes proportions gardées, tu as dû voir des comportements de fuite semblables. Toi, tu faisais de la résistance, et d'autres, avec qui tu avais certainement travaillé ou même passé des soirées, étaient pétainistes. Nous n'en sommes pas là, mais plus les jours passent et plus j'observe les attitudes des uns et des autres se dessiner. Certains cherchent à aider, à porter secours aux personnes âgées et esseulées, par exemple, à mettre en place des soutiens de toutes sortes, et d'autres t'envoient des photos de fleurs de leurs maisons de campagne en « zone libre ».

Je sais, j'exagère ! Tout cela me fait terriblement gamberger et j'aurais bien aimé en parler avec toi. Je sais comment ça se serait passé : au début on aurait été d'accord, et après, on se serait disputés… comme presque toujours ! Mais je dois avouer que c'est la première fois de ma vie que je pense que nous sommes véritablement à la croisée des chemins, qu'il ne va pas falloir se tromper de direction. Je veux encore et toujours croire en l'homme mais va falloir le secouer un peu pour qu'il réagisse d'une manière juste, altruiste et bienveillante. Ne t'inquiète pas surtout, c'est un soir un peu chafouin, demain tout ira bien. J'aurais bien chanté avec toi ce soir.

Bonne nuit Pa'

Bonjour Pa',

Nous sommes samedi, début du week-end de Pâques. Drôles de Pâques où les enfants devront chercher les poules ou les lapins en chocolat dans les placards, sous les meubles ou sous le lit. Et pas de déjeuner en famille.

J'entends les oiseaux s'égosiller de plaisir dans cette ville assoupie et immobile. Ce matin, le soleil se cache un peu et, je t'assure, ça m'apaise. Depuis plusieurs jours, son arrogance me pesait, je n'ai jamais vu la nature si triomphante en ce début de printemps, ou alors je n'y faisais plus attention, ou bien se faisait-elle discrète pour ne pas déranger la folie des hommes ? Partout, dit-on, elle reprend ses droits : des baleines dans les calanques, la barrière de corail qui revit, et mon lilas qui explose de mille grappes de fleurs dans le jardin. Peut-être enfin les hirondelles vont-elles revenir…

J'ai toujours adoré les hirondelles annonciatrices des beaux jours. J'aimais celles en céramique que les gens posaient sur les façades de leurs maisons, j'en ai même récupéré une ou deux pour la maison à Méjean. Elles sont si élégantes, rapides. J'ai le souvenir, les soirs de juin vers dix-neuf heures, d'avoir passé un temps fou à les regarder jouer et se poursuivre dans le ciel de Marseille, en piaillant. Elles me disaient que bientôt les vacances seraient là. Et, après le 15 août en Haute-Provence, elles annonçaient les orages en volant à ras de terre pour remonter d'un coup et prendre de l'altitude. J'ai cette image très nette d'un jour, à la fin des vacances sur une petite route de campagne, où elles m'ont avertie que, bientôt, je devrais reprendre mon cartable et mes angoisses scolaires !

Depuis longtemps je ne vois plus d'hirondelles mais des martinets. Ils sont sympathiques mais ce n'est pas pareil pour moi. Les hirondelles se sont faites rares, elles ont dû nous trouver trop antipathiques et décider d'aller ailleurs ou, plus terrible encore, elles ont décidé de ne plus se reproduire.

C'est un peu pénible ce matin cette résidence obligée, même si j'ai l'impression d'être à Venise puisque aucune voiture ne vient déranger l'animation de la rue. C'est une sensation auditive que j'adore. Quand j'ai la chance de me promener là-bas, dès que tu t'enfonces dans cette ville incroyable et que tu dépasses les lieux touristiques, très vite tu déniches des petites places tranquilles où tu entends les voix des habitants par les fenêtres ouvertes. C'est à Venise que j'ai bien mieux compris les pièces de Goldoni. Je repense à *Il Campiello*, dont j'avais vu la mise en scène de Strehler à l'Odéon.

Pendant le spectacle en langue originale, j'avais ressenti secrètement une immense fierté pour la moitié de mon âme, ma moitié italienne. *Il Campiello* s'adressait directement à moi seule, comme si Strehler et Goldoni m'assuraient que je ne devais pas avoir honte de porter dans mon sang, mon cœur, ma tête, des sons, des mots, des sensations qui étaient en totale similitude avec les personnages de la pièce qui se déroulait devant moi. Je ne recevais pas ce spectacle comme une touche d'exotisme, non, mais bien comme s'il m'était destiné : j'étais secrètement la spectatrice idéale ! Cette émotion intense m'a bouleversée dans un silence total. Surtout, ne rien dévoiler. Entre parenthèses, c'est ta faute ça, avec ton stupide mais compréhensible complexe d'enfant de l'immigration, tu n'as jamais voulu me parler italien ! Enfin, pour en revenir à Venise, tu ne peux pas faire autrement, parfois, que d'entendre l'intimité des maisons devant lesquelles tu flânes. Nous n'en sommes pas loin en ce moment, et j'aime ça. Je me sens rassurée, il y a d'autres humains à côté de moi. Mon enfance appartient à un monde de fenêtres ouvertes et de voisines curieuses qui se nourrissaient de la vie des autres. Je connais les travers que ça peut engendrer parfois, mais je préfère des voisins qui se disputent à des voisins qui s'ignorent.

Tu te souviens en 68 quand tu t'échauffais pardessus le mur du jardin avec le voisin de droite, qui était de droite ? Une autre fois aussi, tu t'es pris le bec avec une voisine à cause de son chat – tu détestes les chats –, c'était tellement drôle, un spectacle d'agit-prop, tu t'adressais directement à elle, sans lui laisser la possibilité de répondre. Elle bafouillait, anéantie, étouffée par la rage que ton numéro d'Arlequin faisait monter en elle. Tu étais prodigieux d'à-propos, de réparties cinglantes et drôlissimes. Les voisins sortaient sur les balcons où se mettaient aux fenêtres et t'encourageaient. Il faut dire que tout le monde la détestait dans le quartier et que, toi, tu avais une forme d'enfer, tu étais à mourir de rire, tu te souviens ? Ce soir-là je t'ai admiré !

C'est étrange comme ce temps de confinement me fait basculer en arrière, et je suis prête à parier que je ne suis pas la seule. Ce temps d'arrêt nous oblige à nous regarder dans la glace et à nous questionner. Je suis sûre que les privilégiées comme moi s'y complaisent. Mais je me dis que ces questionnements surgissent aussi dans des conditions beaucoup plus difficiles, même quand tu angoisses car tu ne sais pas si tu pourras faire manger tes enfants, ce qui est en train d'arriver pour des tas de gens qui travaillent au noir ou qui travaillent à domicile et qui ne peuvent plus entrer chez personne. En plus de cette perte, de ce désastre économique, il y a un ébranlement psychologique profond et difficile à exprimer qui, pour beaucoup, restera enfoui au fond de l'âme. Toutes nos certitudes sont mises à bas. Même les fiers-à-bras qui voudront repartir comme si de rien n'était auront un moment de vertige dans un premier temps.

Je ne suis pas une vraie sorcière, juste une de pacotille, je ne lis pas non plus dans une boule de cristal et je ne sais absolument pas ce que l'avenir nous réserve. C'est troublant.

J'ai lu ce matin que, depuis le confinement, la terre tremblait beaucoup moins. Mais je ne savais même pas qu'elle tremblait tout le temps, moi ! Il y a des scientifiques qui mesurent chaque jour ses tremblements, figure-toi, incroyable ! Et c'est nous, avec nos folies modernes, nos millions de voitures, de trains, de camions et de chantiers, d'avions qui atterrissent et décollent, de bateaux énormes qui brassent les eaux des mers, qui la faisons trembler. Un peu comme les enfants du voisin font trembler le plafond en courant et en sautant partout. Je dis ça parce que j'ai lu, joies du confinement, qu'un type a voulu tirer par la fenêtre sur les enfants de ses voisins, qui étaient juste des enfants confinés et donc bruyants et peut-être infernaux, mais de là à leur tirer dessus ! Il a été arrêté et on parle de lui comme d'un forcené. Je crains que la situation qui nous est imposée fasse de beaucoup d'entre nous des forcenés. Une fois encore, ça dépend des situations sociales de chacun. C'est plus facile de jouer de la guitare pour ses voisins dans le centre de Paris qu'à Sevran. À Sevran, et ailleurs dans le 93, les initiatives de solidarité mises en place par les jeunes passent d'abord par des nourritures terrestres, tout simplement... À bien y réfléchir, je suis sûre que la musique et la bouffe sont tout aussi indispensables !

Ils devraient réfléchir à ça les intégristes. Tu me diras, c'est idiot ce que je dis puisque leur principe de base est de tuer toute humanité chez l'homme. Donc pas de musique ! Personne ne peut vivre sans musique, moi je préfère le piano à la guitare, à cause de mon douloureux passé de scout j'imagine… les feux de camp, merci, j'ai donné.

Papa, sincèrement, je ne sais pas vers quoi nous allons, je n'en ai aucune idée. Je pense souvent à une nouvelle de Jack London que j'ai lue il y a très longtemps et qui m'avait filé une frousse bleue. C'était l'histoire d'un grand-père et de ses deux petits-enfants dans une drôle de forêt où, au milieu de la végétation, gisaient d'énormes tuyaux, des restes d'une civilisation industrielle qui avait dû péricliter. Et ce grand-père s'obligeait à apprendre à ses petits-enfants les gestes de survie dans un paysage de désolation à la Tchernobyl.

Je ne voudrais en aucune manière que mon petit-enfant à venir connaisse cela. Je t'assure, ça m'obsède.

J'espère de tout cœur que nous sommes extrêmement nombreux à penser de la sorte.

Joyeuses Pâques Papa ha ha ha !

Bonjour Pa',

Je me réveille avec cette boule au ventre que je dois m'efforcer tous les matins de faire disparaître. Mais cette semaine j'ai vraiment du mal, depuis le discours du Président et l'annonce de la prolongation du confinement, à laquelle je m'attendais pourtant, je ne sais pas pourquoi, j'ai pris un coup sur la tête. Encore un mois à tourner en rond avec de fausses occupations, à se donner l'illusion d'avoir une quelconque activité. Le résultat est que j'ai de plus en plus de mal à lire, à regarder un film, à écouter les informations, à faire quoi que ce soit. Même mes conversations téléphoniques m'ennuient, nous parlons tous de la même chose : sortir, pas sortir, quand et surtout comment ?

Hier, pour la première fois depuis plus d'un mois, j'ai pris la voiture. Valentine devait faire sa visite mensuelle de grossesse, je suis allée chez elle et son ami, leur ai passé la voiture et j'ai attendu qu'ils reviennent. Un confinement dans une autre maison, c'était ma sortie. J'ai traversé le nord-est de Paris dans une ambiance étrange : très peu de monde sur les trottoirs, une circulation d'une incroyable fluidité. Ton autorisation sur ton téléphone portable, tu guettes la moindre voiture de police, en espérant que les agents te croiront s'ils t'arrêtent. On entend des trucs bizarres, des gens verbalisés alors qu'ils sont sortis faire des courses et que l'agent de la force publique a jugé qu'elles n'étaient pas de première nécessité ! De quel droit ce trou du cul peut décider que des chips ne sont pas de première nécessité en temps de confinement ? Donc, moi, avec ma case cochée « Porter assistance à une personne fragile » parce que je lui prête ma voiture pour aller chez le gynécologue…

Je n'ai croisé personne et, d'après ce que j'entends aussi, c'est beaucoup moins les gens comme moi que les gamins issus de l'immigration qui sont contrôlés. C'est bien connu : ils sont plus susceptibles que les autres de véhiculer le virus, pas vrai ? Tu sais, j'ai vu des images horribles sur Internet. En Chine, où une deuxième vague d'épidémie est plus ou moins en train de se dessiner, on accuse les populations étrangères maintenant, et particulièrement les Africains, qu'on arrête, verbalise ou qu'on empêche d'entrer dans des restaurants en les rouant de coups. Un propriétaire a même expulsé son locataire parce qu'il était africain. Enfin, quand tu sais que certains personnels médicaux retrouvent sur le pare-brise de leur voiture une lettre anonyme qui leur demande de déménager, nous n'avons rien à envier aux Chinois !

Donc, après cette traversée de Paris-Est qui avait un aspect, il faut bien le reconnaître, de temps postnucléaire – ce qui fait que je n'ai eu aucun plaisir à rouler dans ces rues désertes –, je suis arrivée masquée en me disant que, surtout, il ne fallait pas approcher ma fille, puisque c'est la meilleure manière de la protéger.

Ça fausse tout, cette distanciation sociale. Ce qui me manque le plus c'est de ne pas pouvoir prendre mes enfants dans mes bras, leur caresser la joue, les embrasser, être collée à elles. Rien de tout cela n'est permis et la sensation que tu peux être un danger pour l'autre, ou inversement, se répand d'une manière diffuse dans le temps des échanges. C'est horrible ! Tu peux être facteur de danger mortel (j'exagère un peu) pour les êtres qui te sont le plus chers au monde.

J'ai donc passé cet après-midi chez eux, et j'ai reçu un coup de fil du producteur du spectacle que je n'ai pas pu jouer puisque confinement, qui me demandait si je pouvais le reprendre en septembre. J'ai dit oui, ça m'a fait plaisir. J'ai une perspective enfin, et j'aime ce spectacle !

Valentine est rentrée et, je te rassure, tout va bien. C'est très étrange pour moi de voir ces échographies si perfectionnées. Je sais vraiment à quoi il ressemble cet enfant, il n'y aura plus la surprise de la naissance. Cette propension de l'époque à tout anticiper me frustre de la possibilité de rêver, de laisser la place à l'inattendu : tout est déjà décidé, défini, même la tête de mon petit-fils ! Et je sais aussi que c'est un garçon.

Je n'ai jamais voulu connaître le sexe de mes enfants lorsque j'étais enceinte. J'aimais rêver, j'aimais inventer des situations dans les deux cas. Mais je suis née au siècle dernier, quand l'avortement était interdit et qu'une « faiseuse d'anges » pouvait être condamnée à perpétuité ou même pire.

Encore une digression. Ce que je voulais te dire, c'est qu'après avoir échangé sur la consultation, j'ai annoncé à Valentine la reprise du spectacle. Là, elle est entrée dans une colère incroyable en me reprochant de ne pas être libre pour elle et son bébé. Elle m'avait proposé de partir en octobre dans le Sud avec elle et le petit pour que je l'assiste et qu'elle se repose un peu, ce que j'avais accepté volontiers avant que tout soit chamboulé. Elle m'a reproché de les avoir elle et sa sœur fait toujours passer après mon travail, son père aussi d'ailleurs. Évidemment, ça m'a terriblement ébranlée, ma confiance en moi n'étant pas à toute épreuve, depuis hier je me dis que je n'ai pas été assez là pour mes enfants, même si au fond, très au fond de moi, je n'en suis pas persuadée. J'essaie de ne pas me faire passer devant mon tribunal intérieur. C'est difficile : rien ne me remet plus en cause qu'un manquement à mon rôle de mère.

Je sais que je ne vais pas être une grand-mère comme les autres, mais j'ai à cœur d'être vraiment la plus chouette du monde et, déjà, ma fille veut définir précisément comment je dois me comporter, et me reproche de faire mon travail.

Je ne t'ai jamais demandé d'être un grand-père type. Je t'ai pris comme tu étais, un grand-père qui n'emmenait pas ses petites-filles se promener, qui était toujours enfermé chez lui, qui peignait ses icônes et racontait des histoires. Je ne sais pas si tu étais le meilleur grand-père du monde, peut-être pas, mais je sais que mes filles ont des tas de souvenirs de toi, certainement un peu farfelus, mais tu es très présent dans leur esprit.

C'est quoi être grands-parents ? D'abord je n'en sais rien, mais est-ce une garderie corvéable à merci ou plutôt un autre apprentissage de la réalité ? Je sens qu'il va falloir m'attendre à tout et surtout trouver le bon rapport avec Valentine et avec son enfant. Mais ça ne finit jamais ou quoi ?

Bon, une nouvelle journée de confinement commence : en route vers de nouvelles aventures !

Je t'embrasse Pa'

Bonjour Pa',

C'est samedi. Je crois que je n'ai pas vu passer la semaine. Je me demande comment c'est possible alors que les jours se ressemblent tant. Piètre consolation, j'ai découvert que nous étions nombreux à éprouver ce sentiment de légère perdition. Enfin légère, pas si sûr. Cette sensation pèse en permanence sur mon estomac comme une pierre qui m'empêche de respirer profondément, ou plutôt comme si un énorme élastique avait remonté mon diaphragme au niveau de ma gorge. Une amie au téléphone me disait ces jours-ci qu'elle avait l'impression d'avoir un noyau de pêche dans la gorge qu'elle n'arrivait ni à recracher ni à avaler. Ça s'appelle avoir la gorge nouée.

J'ai bien connu ce symptôme d'angoisse, enfant, je croyais aussi que j'allais mourir étouffée la nuit dans mon sommeil. C'était une douleur silencieuse. Je savais d'instinct que ce n'était pas la peine d'en parler ni à toi ni à Maman, vous m'auriez gentiment dit que « je ne savais plus quoi inventer… pour faire mon intéressante ».

« Faire son intéressante », cette expression je la hais ! Si j'essayais de faire mon intéressante, c'est peut-être parce que j'avais envie qu'on ait un peu d'intérêt pour moi, non ? Mais ce n'est pas le temps de recommencer à déballer mes griefs. Déballer j'aime bien ça aussi, comme si j'ouvrais mon sac à dos et que je déballais au milieu de mon linge à mettre à la machine mes tristesses, mes peurs, ma solitude, mes hontes, mes colères enfantines et qu'elles allaient rejoindre mes chemises et chaussettes dans le tambour avec la capsule de lessive et peut-être, tiens, un peu d'eau de Javel. On ferait tourner tout ça et tout ressortirait bien blanc, bien propre… Ce serait chouette ça ! Et même il y aurait des lingettes particulières très efficaces pour certaines taches de l'âme. Je dis n'importe quoi ce matin ! Mais je crois qu'on commence à être un certain nombre à dire n'importe quoi, à se répéter surtout, ça devient épuisant, je n'en peux plus d'entendre toutes les suppositions possibles et imaginables sur « l'après ».

Mais ce sera quand l'après ? Personne n'en sait rien. L'après du confinement, comme si nous savions comment nous allions nous comporter dans cet « après ». Nous en sommes toujours à découvrir ce que nous ressentons tous les jours dans ce temps arrêté, en nous surprenant nous-mêmes sur nos attitudes, nos comportements qui peuvent parfois nous plonger dans des abîmes d'angoisse et nous essayons de maîtriser « l'après » ? Mais on ne maîtrise pas le « maintenant » !

Par exemple, hier j'ai décidé pour la première fois de m'autoriser la promenade d'une heure quotidienne accordée dans les largesses du confinement. J'avais prévu de croiser Anne-Marie, qui ne loge pas trop loin de chez nous. Je suis sortie harnachée bien sûr, comme une dérisoire chevalière des temps postmodernes. J'ai choisi de marcher dans les petites rues vides et sinistres, mais je préfère ça aux artères plus grandes où une population à mon sens trop nombreuse se déplace sans joie, sans plaisir. Chacun regarde l'autre en essayant d'anticiper la trajectoire de celle où celui qui arrive en face, afin d'éviter un croisement trop rapproché. Je n'ai absolument pas apprécié cette pseudo-balade qui ressemble plus pour moi à une épreuve de manœuvre militaire. Les seuls qui continuent à marcher normalement dans les rues sont évidemment les migrants et les SDF, plus abandonnés que jamais, qui bravent malgré eux, dans un grand silence et une grande solitude, les dangers épidémiques.

Je me suis sentie minable, je te jure, toute rétrécie, égoïste, limite ridicule, enfouie derrière mon masque avec les mains transpirantes dans mes gants de plastique. Nous nous sommes retrouvées avec Anne-Marie à trois mètres l'une de l'autre sur le trottoir. Tout est déformé. Aucun café n'est ouvert pour s'asseoir et bavarder, alors tu danses d'un pied sur l'autre, la conversation s'en ressent, tu marches, parce que tu te dis que si tu fais du surplace les flics vont te contrôler et vont te faire remarquer que tu es à plus d'un kilomètre de chez toi, donc, au bout de cinq minutes tu salues de loin ton amie en lui disant qu'en rentrant tu lui téléphones, ce sera nettement mieux, plus sympathique ! Mais où en est-on ? Normalement, le mieux c'est de se voir, de se parler face à face dans les yeux ! Tu me diras qu'avec le masque qui te tient chaud et qui te mange la moitié du visage, masque coincé par une paire de lunettes noires, tu remercies le ciel de ne pas être sourde, car il ne nous reste plus que l'ouïe ! Depuis plus d'un mois nos oreilles doivent être en train de muter car tout circule par elles. Nous passons nos journées au téléphone, à essayer d'entendre l'état d'âme de ceux que nous aimons.

Je déteste les FaceTime, les Skype et autres. Ils génèrent une image sans âme. Nous sommes désincarnés au sens propre. La plupart du temps l'image saute, se brouille, se fixe... ou disparaît ! Une conversation est toujours entrecoupée de silences où l'on prend le temps de se regarder, où la communication se fait par autre chose que le langage des mots ; par les yeux, le visage dans son ensemble, les mains, les vibrations et les énergies du corps enfin. Avec ces conversations virtuelles, tout est gommé et aseptisé. On passe de l'humanité à la robotique !

Et toujours ce ciel si bleu. Je n'ai jamais vu un temps pareil en avril à Paris : les oiseaux gazouillent en permanence, ils se déchaînent, j'ai l'impression qu'ils se foutent de ma gueule et de ma situation ! Mais la nature a bien raison de nous tourner en ridicule, nous les humains prétentieux, inconscients, et rapaces !

Je rêve de pouvoir flâner dans les rues de Paris, sans me préoccuper de la distance parcourue ni du temps qui m'est imparti… À tous les coups, tu vas voir que, ce jour-là, il pleuvra !

Papa, tu me manques tant. Ce temps arrêté doit nous renvoyer à nos racines, à ceux qui ont fait que nous existons, tout simplement parce qu'il nous oblige à nous arrêter et à être juste là, sans bouger, sans nous agiter frénétiquement pour fuir nos peurs. Nous voilà face à nos terreurs, cherchant à les éviter dans une danse laborieuse. Je dis ça tranquillement parce que, après sondage, mes amis dorment aussi mal que moi, ou pas du tout… consolation régressive !

Bonne journée mon père

Sincèrement Pa',

Je n'ai jamais vu un printemps comme celui-ci à Paris ! Le ciel est d'un bleu parfait chaque jour, ce bleu que tu lis dans les livres de jeunes filles qui connaissent leurs premiers émois amoureux. Tout est beau, le ciel, les fleurs des jardins, la douceur de l'air qui fait palpiter le cœur. Eh bien c'est comme ça, à part que nous sommes confinés dans nos maisons-terriers, sans savoir vers quel été ce printemps nous emmène.

Je t'écris du jardin de la banlieue populaire qui est le mien, et les pies jacassent au-dessus de ma tête. Je n'en ai jamais vu autant ni si proches. Elles n'ont peur de rien, elles roulent des mécaniques, les jardins leur appartiennent et elles volent de clôture en clôture pour voir ce qu'elles pourraient chaparder. Je les aime bien. Elles ont un costume très élégant, elles sont en smoking toute l'année mais leur voix est gouailleuse, comme si elles étaient des employées du Casino de Monte-Carlo.

C'est long, Papa, cette histoire qui nous chamboule la vie quotidienne et l'âme. Dès le berceau, on nous a inculqué des normes sociales associées à des gestes entendus pour exprimer nos émotions. Et voilà que maintenant, si une amie pleure, je ne peux plus la prendre dans mes bras et je dois me contenter de la regarder de loin !

Plus terrible encore, ce petit enfant qui va arriver dans notre famille ne verra de ses parents et grands-parents que la moitié du visage… Comment nous reconnaîtra-t-il ? À la couleur de nos masques ? Bien sûr, je caricature, mais n'empêche, il risque de ne voir aucun sourire, espérons qu'il les entendra. Ça s'entend un sourire, je t'assure, quand tu fais de la radio, tu sais ça.

C'est la première fois que je vis dans un pays qui va vers l'inconnu. Notre futur nous échappe, c'est très étrange. Si j'avais encore besoin d'être convaincue, j'ai la preuve que chacun de nous ne peut pas fonctionner sans un collectif instauré ni une représentation d'un avenir commun. Si celui-ci devient instable, ce qui est le cas aujourd'hui, tout le monde ou presque dort mal.

Je suis une enfant des Trente Glorieuses et je n'ai au fond jamais connu un tel ébranlement social, sauf pendant un mois en 68, mais je n'avais pas la conscience réelle du bouleversement. J'étais une gamine de 13 ans et j'adorais rester à la maison à ne rien faire. C'était magnifique cette sensation qu'il y avait une transformation du rythme de vie, mais de savoir aussi que l'enfance t'épargne l'angoisse et le questionnement. J'étais une spectatrice attentive et ravie d'assister à la paralysie d'un pays à cause de revendications politiques pour lesquelles toute une partie de la population manifestait collectivement. Les adultes devaient certains soirs avoir des moments d'angoisse, mais ils se retrouvaient le lendemain, se serraient la main, formaient des cortèges qui parfois se terminaient en émeutes. Ils étaient ensemble. Pour moi c'était sacrément enthousiasmant.

Je me rappelle qu'une nuit tu avais ressorti les fusils que tu avais récupérés des Allemands et conservés. Je te revois les astiquer sur la table de la véranda. Je ne pense pas que Maman était ravie, mais comme vous ne vous adressiez pas la parole, tu t'appliquais à ta tâche. Une autre fois, tu étais sorti aussi de nuit pour dessiner des caricatures de De Gaulle sur les murs du quartier. Moi, je trouvais ça risqué et rigolo dans le même temps.

Aujourd'hui nous sommes tous calfeutrés chacun chez soi et nous luttons ensemble mais séparés contre le même ennemi qui peut être parfois mortel. On chante virtuellement en groupe, on danse virtuellement en groupe, on cause virtuellement en groupe. Mais au bout du compte, quand on éteint son écran, on se retrouve très seul. En tout cas moi. Je n'ai pas ri en claquant dans la main d'Anne-Marie, ou je n'ai pas enlacé mes filles pour leur dire au revoir !

J'ai décidé comme mode de survie de ne rien projeter dans le temps. Je prends chaque journée l'une après l'autre. Ce serait mentir de dire que l'angoisse ne m'étreint pas le matin, mais j'ai décidé justement de faire cet exercice de l'appréhension de l'instant présent. J'ai vu sur Internet Jean Giono dire que le bonheur ça peut être le chant d'un oiseau, la caresse d'une brise, les pas d'un marcheur solitaire (là, je crois que j'invente pour le dernier). J'ai envie d'essayer d'y croire et de profiter à fond de l'instant. Pas sûr que ça marche toujours, mais ça ne coûte rien d'essayer, non ?

J'ai décidé de relire Giono, *Deux cavaliers de l'orage* ou *Regain*, et de revoir le film que Pagnol en a tiré, c'est un de mes films préférés. Il avait reconstitué le village en ruine dans ses collines du côté d'Aubagne. Il reste quelques pans de murs que de fervents admirateurs de l'académicien viennent encore visiter religieusement. N'empêche qu'il a su rendre crédible l'image de cette haute Provence à la campagne rase, où les gens ont la parole rare et vraie. Giono a toujours su raconter avec une incroyable précision l'âme taiseuse et profondément sincère de ses personnages perdus dans cette montagne secrète. Les douleurs, les jalousies, enfouies et silencieuses, ainsi que les amours extrêmes, anéantissantes parfois. Et puis, j'adore les prénoms dans *Regain* : Gédémus, Arsule, Panturle…

Nous sommes allés des années en vacances dans ce village paumé où les mères nous plaquaient contre les façades des maisons quand une voiture traversait le village, tu te rappelles ? C'est toi qui l'avais trouvé. Tu es venu deux étés, puis fini. J'y suis allée dix ans. La mère du boulanger avait été institutrice et servait à sa retraite de secrétaire à Giono, ce qui lui conférait dans le village un statut de grande intellectuelle. Je ne sais pas si elle en était une, mais on peut dire qu'elle n'était pas drôle et me filait une frousse terrible. Il fallait toujours qu'elle pose une question sur l'année scolaire qu'on avait passée ! Je détestais cette épouvantable question : « Et à l'école, ça va ? » Comme si un enfant n'existait que par l'école !

Je t'embrasse, à très vite

Bonjour Pa',

Samedi, premier jour d'un week-end qui n'existe pas vraiment pour moi. Je sais qu'il existe pour les éboueurs, les caissières, les infirmières, enfin j'espère. Leur rythme de vie n'a peut-être pas changé, mais leur mode de vie si, ne serait-ce que d'aller travailler avec l'angoisse au ventre en permanence…

Je suis sortie aujourd'hui accomplir la cérémonie des courses en temps de fléau. On sent une certaine accoutumance chez tout le monde. Port de masques acté. Il y a toujours les chirurgicaux mais d'autres sont apparus, des artisanaux, faits maison, en tissus colorés aux dessins bariolés : ce matin presque tout le monde était protégé.

Je ne peux pas m'empêcher de penser à la burqa, toutes proportions gardées, car c'est pour mon bien que je fais disparaître la moitié de mon visage. Mais tout de même, c'est étrange, je n'affronte plus la rue à visage nu. Je ne sais plus qui disait que le visage est le reflet de l'âme. Jusqu'à présent je présentais, pas toujours fièrement, mon âme aux autres, je découvrais aux regards des autres ma filiation, ma ressemblance. Aujourd'hui, personne ne peut me reconnaître à part les intimes car pour affronter la rue j'ajoute à l'armure de mon masque une paire de lunettes noires. Plus excitant, je me demande à quoi vont servir les caméras de surveillance dans les magasins si le port du masque continue… Comment reconnaître une voleuse à la petite semaine si elle porte un masque ? Tu rigoles, mais, je te jure, c'est une vraie question : il va falloir inventer des caméras à rayons ultra – je ne sais quoi – pour continuer à faire son chiffre d'affaires.

Donc, le port du masque peut être traumatisant et, pour te consoler et soigner ton ego, tu voles sans angoisse des fringues que tu ne peux pas te payer… Moi, je suis sûre que les filles obligées de porter la burqa se vengent comme ça… enfin je l'espère de tout mon cœur !

Histoire de me remonter le moral, je relis *Le Cheval roux*, d'Elsa Triolet. C'est un roman qu'elle a écrit pendant la guerre froide qui raconte la vie de survivants après une guerre atomique. *Le Cheval roux*, c'est un des chevaux de l'Apocalypse dans la Bible. C'est un roman de science-fiction en quelque sorte. Je l'ai lu il y a plus de trente ans quand Martine me l'a offert. J'avais eu une peur bleue à l'époque. J'ai toujours eu peur de la bombe atomique, qui était pour moi, enfant, la représentation de la fin du monde. Ce qu'elle est, d'ailleurs. Et, dans mes terribles moments d'angoisse, je visionnais dans ma tête des images terrifiantes de mes parents morts. J'ai toujours le souvenir extrêmement précis d'un cauchemar dans lequel Maman n'avait plus la force de faire la vaisselle. Je devais partir à l'école et elle me disait : « Embrasse-moi, ma chérie, je ne serai plus là ce soir. » Tu imagines ma terreur au réveil ! Terreur secrète puisque je ne lui ai jamais parlé de ce cauchemar : j'étais persuadée que si j'en parlais, il allait se réaliser. Et j'ai bien fait puisqu'elle a vécu très longtemps après mes terreurs nocturnes !

Lire ce livre dans ces temps qui ressemblent malheureusement un peu à de la science-fiction fait naître d'autres sentiments aujourd'hui. L'auteur raconte cette incroyable volonté de survie. J'assiste à la même chose. L'humain déploie une telle hargne à survivre qu'il fait appel en un temps record à l'ensemble de ses forces intellectuelles et physiques. Toute la journée à la radio, on entend des médecins qui réfléchissent à la meilleure manière de combattre le virus ou des psychanalystes qui eux aussi parlent d'un autre combat, celui du traumatisme. Par instants je lâche, j'éteins et j'écoute de la musique, je n'arrive plus à supporter le combat. C'était comme ça pendant la guerre ? Je suis persuadée qu'il fallait par moments oublier l'ennemi, non ? Et puis il devait y avoir ceux qui ne se sentaient pas concernés. Triolet en parle dans sa préface. « Ils continuent à vivre… ils sont incapables d'imaginer que la grande ville… qui était vêtue de lin fin, de pourpre et d'écarlate et parée d'or, de pierres précieuses et de perles… en une seule heure ait pu disparaître. »

Je suis obligée de penser à certains de mes amis qui ont pris la tangente dès le 15 mars. Il leur restait quelques heures pour aller se confiner à la campagne. Je suis curieuse de voir comment ils vont vivre leur retour dans la grande ville. Enfin, s'ils rentrent. Je ne cesse de penser à *Zone libre* de Jean-Claude Grumberg. Bien sûr, ce n'est pas la guerre mais, Papa, tu serais surpris par les comportements. La délation a fait son retour aussi... surprenant le nombre de dénonciations auprès de la police de personnes qui ne pratiqueraient pas les bons gestes. Ça me dégoûte et me désespère sur le genre humain.

Papa, j'ai l'impression que tout se répète. En même temps, nous changeons de monde, et peut-être pour le meilleur ? Peut-être que pour arriver au meilleur il faut passer par le pire, le dur, le terrible. Si j'osais... lorsque tu mets un enfant au monde, tu souffres le martyre pour connaître la joie suprême. C'est un peu, beaucoup chrétien ce que je dis, non ?

Je te laisse, Papa, je vais boire un coup. Nous avons pris l'habitude avec Robert, pour alléger nos soirées, de nous offrir un apéro deux fois par semaine. Ce qui veut dire que deux soirs par semaine la vie est presque belle !

Je t'embrasse si fort, mon cher Papa, qui m'a appris le courage. Au milieu de tes folies, de tes maladies, tu as toujours été d'un incroyable courage ! Encore une fois j'aimerais tant te voir, juste te voir. Je n'arrive pas à me résoudre au fait que c'est impossible. Pour moi, ceux que j'aime ne sont jamais morts, ce n'est pas de la rigolade ou pour faire bien, c'est vrai. J'aime tant les fantômes !

Salut Pa',

Début de semaine, encore un lundi de plus enfermée dans la boîte…

La différence vient du ciel, le temps s'est couvert. Par la fenêtre, je sens l'odeur de la pluie qui arrive. Tant mieux, j'étais fatiguée du soleil. Ce beau temps permanent avait quelque chose de figé comme mon état intérieur. Le soleil au milieu du ciel, installé en maître du monde, et moi, enfermée dans la maison, avec, immense privilège, la possibilité d'aller m'asseoir dans le jardin à l'ombre de ses rayons.

En avril ne te découvre pas d'un fil… Cette année la chaleur est celle d'un mois de juin, tu penses si je ne me suis pas découverte. Cette météo détraquée et au beau fixe depuis des semaines participe chez moi, par moments, d'une sensation de début de fin du monde. Tu vois, ce n'est pas une journée terrible que ce lundi.

Hier, nous avons enfreint la loi : les filles sont venues passer l'après-midi dans le jardin. J'étais si contente de les voir en chair et en os, et pour Valentine en ventre :

ce petit enfant n'arrête pas de pousser son ventre vers l'avant. Elle est magnifique !

Pourtant tu sais que je n'ai aucune passion pour les femmes enceintes, j'avoue que cet étalage de maternité ne me séduit qu'à moitié. Enfin, c'est la place de la femme enceinte dans la société qui souvent me dérange. On la glorifie en disant que c'est la plus grande expression de sa féminité, ce qui a le don de me faire devenir hystérique. Comme si l'expression d'une femme passait avant tout par son pouvoir de reproduction. Ce sont des trucs de bonhommes ça ! Leur discours bidon sur l'excitation que peut leur procurer une femme enceinte m'a toujours énervée. Qu'ils retournent faire un câlin avec leur mère, ça les calmera ! Je sais, je ne suis pas très élégante, mais quand tu es enceinte, on ne te demande pas comment tu vas, ce que tu penses d'une chose ou l'autre, on te demande juste comment va ton ventre. Souvent même, on ne te parle pas, on parle *à ton ventre* qu'on se permet de toucher. Non mais ça va pas ! On s'arroge le droit de toucher une partie de ton corps sans te demander la permission comme si seul ton ventre existait et que tout ce qui est derrière, c'est-à-dire toi en l'occurrence, ne comptait plus.

J'ai adoré avoir des enfants, j'ai détesté être enceinte. Les seuls trucs sur lesquels je dois bien reconnaître que c'est épatant, c'est la qualité de la peau, des cheveux et cette lumière qui émane d'une femme enceinte. Enfin, d'une femme qui vit dans de très bonnes conditions, heureuse d'avoir un enfant désiré.

Nous étions tous assis dans le jardin avec cette distanciation sociale demandée. Quelle étrange appellation – il existe tant de formes de distance sociale : culturelle, géographique, pécuniaire, médicale, imposée. Chaque fois que j'entends cette expression, mes restes d'études de sociologie me remontent au cerveau… mais pour l'instant, ça se résume à ce que je dois me méfier de mes enfants qui elles-mêmes se méfient de moi. C'est un cas de figure inédit : regarder mes enfants comme un danger. Pouvoir penser que prendre ton enfant dans tes bras peut t'envoyer à l'hôpital ou même plus loin encore. Donc, malgré tout l'amour que nous nous portons, l'insidieuse méfiance vient prendre sa place dans nos réunions.

C'est épouvantable en fait. Pourtant, je peux te dire que c'était tellement apaisant de voir mes filles en vrai ! L'image, même captée avec un portable, transforme toujours les gens : le sourire, les gestes, le corps se dessinent autrement. J'en sais quelque chose, c'est mon métier d'être filmée suivant un point de vue. Tandis que, dans la réalité, les corps se dessinent autrement : ils ne sont pas plats mais denses, pleins, porteurs de mouvements inattendus et naturels. Et je n'ai pas pu toucher ces corps hier, les corps de mes filles dont j'avais fabriqué le premier modèle, le plus petit… Je suis toujours surprise des corps d'adultes de mes enfants. Je me demande souvent comment c'est possible, cette transformation, elle me fascine.

Est-ce que tu ressentais ça, toi aussi ? Parfois, tu me regardais et tu disais : « Tu étais si gentille quand tu étais petite. » Est-ce parce que la jeune femme que j'étais devenue ne correspondait plus à cette enfant que tu avais connue, et peut-être connue mieux que moi ? Je n'ai pas souvenir de cette gentillesse. J'ai plutôt souvenir de ma solitude, et de mon obéissance totale. Mais peut-être que c'était ça, la gentillesse, surtout ne pas poser de problème.

Oh lala, c'est vraiment lundi ! Je ne peux pas simplement dire que c'était un beau dimanche ? Et qu'on a mangé des fraises et bu du champagne pour l'occasion ? Non, je ne peux pas, parce que la situation absurde, et violente, où nous nous trouvons entache tout ! Je regarde ma fille enceinte et je me dis : Est-ce que je pourrai prendre dans mes bras son enfant et m'en occuper pour la soulager ? Je regarde mon autre fille, Madeleine, pour qui j'ai une admiration doublée d'un amour sans bornes, et je me dis qu'elle lutte courageusement pour ne pas montrer ses angoisses liées à son boulot, que cette crise fragilise terriblement !

Papa, c'est pas bien facile aujourd'hui d'être positive, y a des jours comme ça.

Tu ne veux pas venir dans un de mes rêves cette nuit, ça me ferait plaisir ?

Je t'embrasse

Bonjour Pa',

La journée ne fait que commencer puisqu'il n'est qu'une heure du matin et que je ne dors pas encore. La nuit d'hier n'a déjà pas été fameuse, j'aimerais bien ne pas enchaîner les insomnies. Mais je me dois d'être sincère, je crois que je m'empêche un peu de dormir, je ne comprends pas vraiment pourquoi. Comme si je voulais prolonger mon temps de vie, de conscience, comme si je ne voulais rien rater. Pourtant, ces jours-ci, il n'y a pas grand-chose à rater. Il a été annoncé que notre vie dépendra de cette épidémie qui me donne l'impression de ne jamais finir. On parlait d'une parenthèse sanitaire, elle ne cesse de se prolonger. J'ai le sentiment sourd qu'il va falloir ranger pour longtemps les gestes simples comme se serrer la main, prendre quelqu'un par les épaules, je ne parle même pas de s'embrasser parce que, là, nous sommes en zone rouge !

Je pense à tous ces jeunes gens qui vont se rencontrer cet été et qui auront envie d'échanger des baisers, de se prendre dans les bras pendant les nuits chaudes de juillet et qui soit braveront les interdits parce que le désir et la jeunesse seront plus forts que tout, soit resteront dans une frustration digne de celle qu'éprouvent les séminaristes et apprenties religieuses ! C'est tellement bien d'être amoureux en été ! De pouvoir passer des journées et des nuits entières à se regarder, s'approcher, se parler et se toucher enfin, en passant de la lumière explosée du midi à la chaleur moite du milieu de la nuit. De rentrer sans faire de bruit à trois heures du matin, le corps rompu d'avoir trop dansé sur une place de village ou sur le quai d'une calanque et, morte de faim, d'ouvrir le frigidaire, de finir les restes d'un plat et d'aller se coucher dans les draps restés frais – car la chambre a gardé les volets fermés pour éviter la chaleur – et de s'endormir avec le goût des abricots qu'on vient de mâcher voluptueusement, heureux, car on vient de manger l'été.

Est-ce qu'ils pourront vivre ça cet été ? Cette liberté du corps ? Car c'est cela l'été, laisser déambuler son corps comme bon nous semble, laisser sa peau respirer après des mois de confinement dans des pulls, des manteaux, des collants, des chaussures. Envoyer tout balader et marcher pieds nus, en short ou robe légère, transparente dans les rayons du soleil, sur les places de marché en quête d'un maillot de bain, indispensable après les premiers jours de vacances et de soleil. On trouve toujours que le maillot acheté à la ville est l'un des plus grands moments de supplice de l'année au demeurant. La rencontre annuelle avec son corps pâle et déformé dans le miroir mis là juste pour que tu puisses éprouver profondément la honte de toi-même pendant tout le temps de l'essayage. C'est pour cela que, totalement traumatisée, tu n'achètes jamais le bon, et qu'après une semaine de vacances où tu as fait plus ou moins l'armistice avec ton corps, ta peau, tu vas au marché du vendredi ou du samedi, c'est selon, pour t'acheter un autre maillot que tu n'essaieras même pas mais qui t'ira c'est sûr.

Je te raconte ça, mais tu t'en fous un peu toi : je ne t'ai jamais vu te baigner et je suis incapable de t'imaginer en maillot. Les fois où tu m'as emmenée à la mer, c'était l'hiver, et j'en garde un souvenir indélébile.

On allait à David. C'était, et c'est toujours, une grande plage devant laquelle est installée une reproduction grandeur nature du *David* de Michel-Ange, qui a souvent changé de couleurs – enfin certaines parties de son corps – selon l'inventivité des plaisantins.

Il n'y avait personne en hiver sur cette plage qui l'été était le rendez-vous des populations assez pauvres, il faut le dire. La mer et le sable étaient loin d'être d'une propreté parfaite. Mais qu'est-ce que ça pouvait faire puisque ceux qui arrivaient là dans des bus bondés ne savaient pas encore que la pollution existait et vivaient encore souvent dans de petits appartements sans salle de bains…

Nous passions la matinée à ramasser des morceaux de verre polis par les vagues dont tu te servais pour faire d'épouvantables mosaïques ! Nous ne parlions pas mais nous rentrions les poches remplies de ces petits bouts rouges, verts, jaunes que je m'appliquais à trouver, courbée en deux, dans le silence de la mer.

Dans ces années-là, personne ne venait courir sur les plages et il n'était pas dans les habitudes des Marseillais d'aller se geler sur le sable humide un dimanche matin de novembre ou décembre. Je garde de ces sorties dominicales un amour immodéré pour la mer Méditerranée en hiver. Elle redevient archaïque, mythologique. Je pensais souvent que j'allais voir accoster le bateau d'Ulysse, l'un des héros de mon enfance. J'écoutais en boucle le disque de *L'Odyssée* et, pour moi, Ulysse aura toujours la voix de François Périer.

J'ai appris beaucoup plus tard à aimer la mer l'été. J'ai découvert qu'elle pouvait être extrêmement sensuelle et qu'à son contact, les corps se transformaient, s'épanouissaient. Rien n'est plus voluptueux que de sortir de l'eau et de se laisser tomber dans le sable ou de s'étendre sur un rocher chauffé à blanc.

S'il faut maintenant songer à mettre plus d'un mètre de distance entre soi et la personne la plus proche, on ne peut plus se laisser aller au sentiment d'abandon que procure la vie estivale. Il faudra respecter la distance physique dans la queue pour acheter une boisson ou une glace, ne pas s'agglutiner en collant les serviettes les unes aux autres pour se raconter pendant des heures l'année écoulée – l'un des grands plaisirs d'une journée à la mer –, on ne pourra plus manger les biscuits ou les chips apportés par quelqu'un d'autre parce qu'on ne sait pas si le virus ne traîne pas par là…

Je t'assure que c'est démoralisant cette méfiance qui va naître de ces corps appartenant à des êtres que l'on connaît depuis si longtemps et qu'il va falloir tenir à distance, ou que l'on découvre, entreprise devenue beaucoup trop risquée.

Je déteste vivre cette époque, je n'y suis pas du tout préparée et je n'ai absolument pas envie d'aborder la vie comme cela. Je voudrais m'endormir et me réveiller en me disant que j'ai fait un cauchemar. On peut me dire qu'on va s'adapter, trouver des solutions – l'homme s'adapte de manière incroyable, c'est vrai –, il n'y a qu'à observer la manière dont le personnel hospitalier a jonglé et jongle encore avec cette épidémie, la manière dont la population a obtempéré et s'est calfeutrée dans les maisons, la manière dont les masques ont été fabriqués par un nombre incalculable de généreuses bénévoles, vu l'incompétence crasse des institutions nationales et j'en passe. Bien sûr, nous allons adapter notre cerveau à la situation, mais il va falloir faire un effort pour faire renaître la joie, et je ne me risquerais pas à parler de l'insouciance !

On me dit : « Des gens ont connu et connaissent des situations bien plus difficiles que toi, pense à la guerre. » D'accord, mais même si je vais faire face avec courage, car je sais que je n'en manque pas, je peux tout de même te dire à toi, et surtout à toi, que je suis dans une épouvantable colère. C'est aussi peut-être cela qui m'empêche de dormir et entretient chez moi cette envie de ne pas perdre la moindre minute de vie éveillée. C'est un cercle vicieux : ce temps de confinement grignote mon horloge intérieure et je dois faire un effort permanent pour ne pas me laisser aller au fil du temps.

Je vais essayer de dormir, Pa', je culpabiliserai moins.

Bonne nuit. Je t'embrasse

Bonjour Pa',

Nous voilà repartis pour un mois de plus de confinement. Je t'avoue avoir du mal à encaisser le virage. Si tout va bien, les enfants recommenceront à aller à l'école aux alentours du 11 mai, mais d'ici là, chacun chez soi !

Pour la première fois de ma vie, pas de défilé du Premier Mai, pas de marchands de muguet au coin de chaque rue, pas de brins porte-bonheur sur les tables des cuisines ou des salles à manger, nous en aurions bien besoin pourtant… pas de journée à la gloire des travailleurs, pas de petites clochettes blanches dans du papier d'alu et leur odeur si particulière qui me renvoie invariablement à l'enfance, aux beaux jours. À cette époque-là, à Marseille, la trêve chômée volontairement était très respectée : pas de transports en commun, pas de taxis. Sur la Canebière, après le défilé indispensable, il y avait des manifestations sportives, des gymnastes surtout, musclés et de blanc vêtus. Tout le monde marchait pour se rendre d'un point à l'autre, la ville changeait pour un jour. J'aimais terriblement ça, marcher au milieu de la rue, car on sortait peu les voitures individuelles ou alors on était parti à la campagne avec. C'était une belle journée le Premier Mai.

Cette année, la seule chose qui persistera de cette date importante dans l'histoire du monde du travail, ce sera la rareté des voitures propre aux jours fériés. Cette ambiance urbaine, je te l'avoue, commence à me peser.

J'ai l'impression de me désintégrer, comme si mon corps n'avait plus de présence. J'ai la sensation qu'il n'existe plus pour personne, ce qui est à peu près le cas puisqu'il n'est jamais en relation avec qui que ce soit. Il n'existe que pour moi. Ma main ne serre plus aucune main pour dire bonjour, je ne serre plus les filles dans mes bras, nous ne nous embrassons que virtuellement et, comme je suis nulle avec l'application, il faut bien cinq minutes pour que j'arrive à voir tout le monde. Même avec Robert, il n'y a plus de laisser-aller : si jamais, en allant faire des courses, nous avions l'un ou l'autre contracté, malgré les protections, cette saleté ?

Ma fille doit aller faire sa visite du cinquième mois de grossesse. On réfléchit : est-ce que je peux l'accompagner avec ma voiture ? Est-ce que mon corps n'est pas dangereux pour elle ?!

Ce corps devient un handicap, on ne sait pas vraiment si on peut lui faire confiance ! Je suis privée de tout contact. Je n'existe que par ma voix ou par mon image, je suis moi seule enfermée avec lui, dans lui. J'en prends soin, je pédale comme une malade sur mon vélo d'appartement, j'avale les kilomètres, mon statut de privilégiée fait que nous allons, ensuite, transpirer lui et moi dans le sauna. Il va bien ce corps qui me semble ne plus exister. Mais il perd beaucoup de sa vitalité à être privé d'échanges.

Ça me fait penser aux religieuses, j'ai toujours été frappée : chaque fois que j'en croise dans le métro, c'est comme si leur apparence charnelle était passée à l'eau de Javel. Leur corps est là, bien sûr, mais il est effacé. Il n'a aucune mais aucune sensualité : elle a définitivement été étouffée dans l'échange avec l'Autre et n'émane de ce corps aucune vibration. C'est un peu comme un bois mort qui va finir en poussière. Je n'en suis pas là, Dieu merci – tiens, justement, quand on parle du loup…

Non je n'en suis pas là, mais une grande partie des fonctions de mon corps sont en sommeil, il ne reste que les utilitaires. Se servir de ses jambes pour marcher, se servir de ses mains pour manger, pour faire le ménage, la lessive, ou pour tenir un téléphone, objet fondamental et très représentatif de l'époque vécue, se servir de ses yeux pour lire ou regarder sur des écrans des films ou des chaînes anxiogènes, se servir de sa voix pour échanger des informations, enfin tout ce qui peut se décliner comme actes entretenant la vie, ou plutôt la survie à mon sens.

J'imagine ceux qui sont seuls dans leur maison, ce doit être terrible au bout d'un moment cet absolu non-échange. Si le corps n'existe plus comme le temple d'émotions, traversé par ces états que suscite la rencontre avec d'autres corps, et pas seulement sexuelle, mais parfois un regard, un sourire échangé dans la rue avec une ou un semblable, comment peut-on être sûr de sa propre existence ?

Bon, je m'arrête là. Encore un mot cependant. Hier, à la radio, par téléphone, j'ai dit que j'avais la sensation étrange de ne pas exister car je ne pouvais plus monter sur une scène de théâtre. Mais c'est tout simplement parce que je ne suis plus regardée. Nous, acteurs, n'existons que dans le désir, le regard de l'autre, sans cela nous ne sommes pas nés. Je ne sais pas comment mon corps et moi allons sortir de tout cela.

J'ai tellement envie de nager dans la mer tôt le matin, de la retrouver et de sentir sa caresse et son acceptation de mon corps qui s'épanouit en elle. Des baleines se sont baladées dans les calanques, elles devaient être tellement heureuses de ne pas être importunées par les bateaux, les scooters des mers, les plongeurs, enfin seules !

Tous les jours la nature nous met une grande claque, sans acrimonie d'ailleurs, mais chaque jour comme une grande pédagogue, elle nous signifie l'absurdité de nos comportements. Espérons que la terre ne soit pas seulement peuplée de cancres !

Voilà, Papa, la journée commence avec cet incroyable soleil persistant qui depuis le début du confinement est au rendez-vous pratiquement chaque matin, comme pour nous faire bien mesurer notre punition, que je ne définirais pas comme céleste.

Bonne journée, j'aimerais bien que tu me serres dans tes bras, mais là c'est encore plus compliqué !

Bonjour Pa',

J'ai laissé passer ce Premier Mai, sinistre évidemment, puisque à part défiler toute seule dans la maison je ne vois pas comment j'aurais pu célébrer la fête des travailleurs ! Chaque année – je ne sais même plus depuis quand – j'ai marché dans les rues de Paris au milieu d'une manifestation gaie, familiale, pleine de musique, de rencontres surprises avec des amis qu'on n'arrive pas à voir dans l'année, et surtout, surtout savoir qu'une incroyable foule marche pour fêter le droit des travailleurs ! C'est aussi la première fois de ma vie que je ne croise pas des gens dans ma rue avec des brins de muguet dans la main et ces petits étals de fortune où sont entreposés des mini-pots de clochettes blanches ! Le seul jour de l'année où des gens se font quatre sous avec la vente libre du muguet, même ça, cette saleté de microbe ne l'a pas autorisé !

Nous sommes sur la dernière ligne droite. Dans huit jours le déconfinement aura lieu, j'ai peur que ce soit une sacrée pagaille. Les gens, et moi la première, commencent à se sentir asphyxiés, emprisonnés, ou totalement amorphes. Au début du confinement, tout le monde disait pouvoir profiter de la situation pour faire ce que l'on n'a jamais le temps de faire : lire ce qu'on avait laissé en attente, bricoler les petites choses qui laissent à désirer dans la maison… Au bout de quasi cinquante jours de réclusion, les livres ont été ouverts mais pas finis, les envies d'écriture abandonnées et il manque des vis aux étagères mal posées.

Décidément, quels temps étranges. On s'est jeté sur les plates-formes Zoom, Jitsi et autres pour faire des visioconférences de travail ou simplement partager sa vie immobile avec la famille ou les amis. Personnellement, je n'en peux plus de voir des gens tout plats ! Ces rendez-vous hebdomadaires servent surtout à mesurer l'état de conservation ou de décomposition des interlocuteurs : « elle ou il tient moins bien que moi » alors qu'on a passé une demi-heure dans la salle de bains pour donner le change et apparaître pleine de vie, de sagesse et de contrôle. On a mis un joli chemisier, quitte à garder le pantalon de jogging informe et les sandales Scholl !

Ça va être un sacré truc de reprendre l'habitude de s'habiller pour sortir. Tu me diras, on va pas avoir beaucoup d'endroits où se retrouver puisque les cafés et restaurants restent fermés, surtout dans l'Île-de-France parce que nous sommes rouges, nous. Je t'explique, les régions ont été, suivant le nombre de malades présents sur leur territoire, définies soit rouges, orange ou vertes. Ben nous, pas de chance, on est rouges, donc tout endroit de rassemblement de personnes va rester fermé jusqu'à je ne sais pas quand. Alors, pour nous, le déconfinement c'est ne plus avoir à se balader avec une attestation dans la poche... c'est à peu près tout.

Pas de parc, pas de théâtre, de ciné, de café, on scie les bancs pour qu'on ne s'asseye pas dessus, pas de musée, pas le droit de s'éloigner de chez soi, de voyager à plus de cent kilomètres. Ça ne te fait pas penser à quelque chose ? À un moment particulier où certains ont souffert de ces restrictions et d'autres aussi... J'exagère, je le reconnais, mais je ne peux pas m'empêcher d'y penser. Il paraît que c'est pour sauvegarder notre santé, ce qui est un contexte éminemment différent. Mais au niveau du ressenti, de cette frustration permanente, de cette autosurveillance, je trouve qu'il y a quelques similitudes.

C'est terrible ce que je te raconte, à toi, qui as vraiment connu la guerre et qui as résisté véritablement contre cette horreur. Il n'a pas arrêté, le Président, de dire que nous étions en guerre d'ailleurs. Je ne l'ai jamais reconnu et accepté mais certains comportements ou certaines décisions prises m'ont donné un aperçu très léger de ce à quoi elle pourrait ressembler, la guerre...

Papa, nous sommes le premier dimanche du joli mois de mai que j'adore et je ne suis pas la seule – Aznavour avait écrit cette chanson *J'aime Paris au mois de mai...* Moi aussi, j'ai pour habitude à cette saison de faire des grandes balades sur les ponts de la Seine, les jours de semaine, comme des surprises inattendues que je m'offrirais. Je vais profiter de ce déconfinement pour marcher, et marcher encore dans les rues de Paris, aller rejoindre mon cher pont Alexandre-III, que je voyais enfant dans un générique d'émission de télé et qui me faisait tant rêver. Je me disais chaque fois dans ma tête : Un jour je marcherai sur ce pont. Depuis, j'ai dû le traverser des milliers de fois à pied, en taxi et je crois même à vélo, sans prendre le temps de le regarder… Pourtant, il était pour moi la représentation de la magnificence de Paris et de son rayonnement. Les gens qui le traversaient ne pouvaient qu'être d'une incroyable élégance et d'une profonde aisance. Il est vrai que la première fois que je me suis retrouvée dessus, je me suis sentie décalée, terriblement provinciale, même le rythme de mes pas ne convenait pas… Il est si dur de se faire accepter de Paris. Le droit d'entrée est très très long à obtenir, et il existera sourdement deux catégories, celles et ceux nés à Paris et celles et ceux montés à la capitale. Comme si les natifs avaient reçu à leur naissance un léger sentiment de supériorité incontestable.

Mes filles ont cela, je le discerne bien, c'est une histoire de comportement : on ne doit jamais oublier qu'elles sont nées ici. C'est ridicule et touchant. Elles en jouaient beaucoup quand enfants elles venaient en vacances dans le Sud. Ça avait le don de m'irriter profondément car je me souvenais à mon tour de ces petits Parisiens qui venaient en vacances en Provence. Ils la ramenaient et nous considéraient comme des lourdauds sentant l'ail à qui ils faisaient l'aumône de quelques informations sur la capitale, et sur le métro particulièrement, qui nous fascinait. Ils nous disaient le prendre seuls pour aller à l'école alors que nous devrions attendre le lycée pour prendre un bus, et encore, moi j'y allais à pied ! Pagnol raconte bien ça dans *Marius* quand M. Brun revenant d'un stage à Paris dit qu'il y a vu quarante Canebière, ce qui provoque l'hilarité de César qui le traite de menteur.

Toi non plus, tu n'as jamais aimé Paris. Tu détestais les Parisiens et leur suffisance certaine. Tout Parisien éveillait chez toi une profonde méfiance. Je crois que ce sentiment subsiste très fort encore chez pas mal de Français, *Le* Parisien étant arrogant et excédé en permanence !

Papa, nous sommes dimanche et les filles ont transgressé la loi. Elles sont venues dans le jardin passer l'après-midi, c'était tellement heureux : manger un gâteau, se raconter des souvenirs, rire sur nos angoisses, regarder la tête que nous avons au bout de quarante-cinq jours de confinement. Être enfin ensemble, c'est le meilleur des baumes à l'âme ! Et surtout, voir le ventre de Valentine s'arrondir, présage d'un monde meilleur !

Je t'embrasse si fort

Bonjour Pa',

Je suis un peu lassée de cette série de dimanches qui se suivent sans interruption. Et surtout, ce ne sont pas de vrais dimanches. Moi, j'adore le dimanche depuis toujours, même la nostalgie du dimanche soir. Le dimanche c'est ce jour étrange où dès le réveil rien n'est pareil. Le petit déjeuner n'a pas le même goût, justement parce qu'il est différent. On prend le temps de manger d'autres choses que dans la semaine, ou on prend le temps de manger tout court. Souvent, je pars en courant sans avoir petit-déjeuné. Mais le meilleur truc, c'est qu'on peut manger dans son lit. Moi, je pourrais tout faire dans mon lit. Je crois que je pourrais vivre dans mon lit, comme sur une île privée, où je ne laisserais accoster que ceux que j'aime. Mais pour revenir au dimanche, après le petit déjeuner, on décide ou non de se laver, d'aller courir (cela dit en ce moment ils courent tous, jamais vu ça) ou alors on décide de rester encore dans le lit béat de somnolence en écoutant ceux qui s'agitent mollement dans la cuisine. Je parle ainsi parce que mes enfants ont quitté la maison.

Mais même, le dimanche, les enfants viennent dans ton lit et adorent que tu leur racontes des histoires de quand tu étais enfant, toi, de comment était le monde. On ne mesure pas à quel point le lit dominical est un lieu de transmission !

Tout est en mode ralenti et on savoure ce temps étalé parce qu'on a couru toute la semaine, que l'on s'est angoissé, que l'on a été en permanence en retard, et que l'on a perdu son temps à détester des gens avec qui on est obligé de communiquer. Le dimanche, c'est la trêve avant de repartir au combat. Même si les dimanches d'aujourd'hui n'ont rien à voir avec ceux de mon enfance, je crois que l'homme a dans ses gènes la conscience du temps arrêté une fois par semaine.

Je sais que je dis n'importe quoi, mais je t'assure, en parlant de temps, celui que nous vivons est débilitant. Être en permanence en temps arrêté te fait devenir idiot, ton cerveau est sur pause ! Il n'y a plus de « faire », c'est terrible, tu deviendrais fou ! Je me rappelle que tu disais : « On a toujours quelque chose à faire, il n'y a que les ânes qui s'ennuient. » Tu avais tort sur toute la ligne. D'abord, pourquoi stigmatiser ainsi les ânes qui sont des animaux que j'adore ? On les a toujours maltraités et je ne sais pas pourquoi. « Arrête de faire l'âne », « le bonnet d'âne », « mais quelle ânerie » : ils ont été mis à toutes les sauces, les pauvres. Et je tiens à te dire que nous sommes des millions à être des ânes ces jours-ci, à tourner en rond et à ne plus éprouver de plaisir à pouvoir prendre son petit déjeuner au lit !

Mais qu'avons-nous ou plutôt que n'avons-nous pas fait pour en arriver là ? Par moments je prends un peu de recul et je suis terrorisée. Comment allons-nous sortir de là ? Combien d'hommes et de femmes seront engloutis par la misère ? Quelles conséquences en subiront les immigrés alors que nous allons atteindre un taux de chômage que je crois n'avoir jamais connu ? L'esprit de solidarité qui souffle ces temps-ci sur notre pays va-t-il résister aux discours racistes, nationalistes qui vont déferler ? Et tous ceux qui sont partis « en exode » sanitaire vont-ils comprendre qu'ils ne pourront pas reprendre leur petite vie bien lisse des « y a qu'à, faut qu'on » ? Ou bien vont-ils la reprendre justement dans un mépris total de l'autre et de sa misère ?

Ce matin, en pédalant lamentablement pour ne pas ressembler à une boule de Noël au moment du déconfinement, j'écoutais un jeu à la radio : si tu trouves le titre de la chanson et que tu es le premier, on te paie ton loyer ! Mais où on est ?! Quel pays est le mien ? Je me rappelle un film de Frank Capra où Barbara Stanwyck joue une jeune journaliste qui pour ne pas être licenciée a l'idée d'aller chercher un homme dans la foule et de le transformer en héros. C'est Gary Cooper qui interprète le personnage. Le film s'appelle *Meet John Doe*. En ce qui concerne la radio ce matin, il faut bien du mépris pour oser une chose pareille, et ce qui me désespère, c'est que le standard explose pour donner la bonne réponse. Si au moins cette catastrophe pouvait faire en sorte que tous ces jeux méprisables et méprisants qui existent à la radio et à la télé s'arrêtent… Ces jeux pour les pauvres, où on leur apprend à s'habiller, à préparer leur mariage, à s'inviter à dîner, en insistant sur le fait qu'ils doivent bien cracher les uns sur les autres, où on change la couleur de leurs cheveux, où on les fait maigrir et où ensuite on les présente à leur famille en larmes !

J'ai tellement honte, Pa', quand je tombe sur ces émissions, et le pire c'est que souvent c'est moi que l'on prend pour une intransigeante politique. Les candidats sont ravis de passer à la télé et d'être traités comme des marionnettes. Ils s'en foutent, le lendemain tout le monde les appelle au téléphone et ils existent enfin. Mais c'est horrible de se jeter soi-même dans l'arène des jeux du cirque ! Voilà le résultat de toutes ces années de mépris des médias. Les concurrents n'ont même pas besoin de dictateur, ils sont eux-mêmes les victimes et leur propre Néron !

Je crois que ce n'est pas un très bon jour…

Je t'embrasse mille fois, Papa

Papa,

Aujourd'hui je suis assez contente de moi je dois dire. Je t'explique…

Toute la journée les médias nous parlent de la difficulté d'un nombre incalculable de corps de métier, ce qui est la vérité, mais c'est bien rare que le mot « culture » soit prononcé et qu'il soit question des conséquences catastrophiques qu'entraîne ce confinement pour ceux qui vivent de la pratique de l'art.

Musiciens, comédiens, danseurs, techniciens, personnels des théâtres, des cinémas, auteurs, réalisateurs, metteurs en scène, architectes, plasticiens et j'en oublie bien sûr, nous sommes tous à l'arrêt, en position de départ depuis sept semaines et aucun coup de feu n'est tiré. Certains de nous sont en train de tomber dans la misère, véritablement : tu ne joues ou ne chantes pas, comment fais-tu les courses ou paies-tu ton loyer ? Je t'assure, c'est terrible, beaucoup de nous vont être écrasés et oubliés par cette crise. Tous les directeurs de cinéma ou de théâtre se cassent la tête pour s'ingénier à trouver une solution afin que le public retourne dans les salles. Un siège sur deux, un siège sur trois, le résultat donné : trente personnes pour une salle de cent cinquante personnes et encore…

Et un silence assourdissant résonne en provenance du ministère. J'ai comme l'impression qu'il s'est dilué ce ministre. Il m'a toujours semblé souffreteux, il est vrai, mais là, évaporation totale !

Comment ne pas être en première ligne ? L'art est aussi indispensable à mes yeux que boire et manger, je n'exagère pas, Papa. Si toi-même tu n'avais pas pratiqué le théâtre amateur, peint tes tableaux pas toujours réussis, à part les icônes, chanté à tue-tête dans la salle de bains, tu serais certainement devenu fou, déjà que c'était juste-juste – cela dit avec tout l'amour du monde – et nous n'aurions pas baigné dans un apprentissage anarchique, mais apprentissage tout de même, du plaisir de lire, de s'émouvoir jusqu'aux larmes à l'écoute d'une symphonie ou d'être fascinée en ce qui me concerne par Harry Baur dans *Les Misérables*. Plus personne ne sait qui est ce géant, même pendant mon enfance il était déjà assimilé aux vieux acteurs. C'est un monument de l'art de l'acteur cet homme-là ! Il avait en lui une rigueur de jeu et une humanité qui surgissaient de tout son être. Je me rappelle le jour où tu m'as obligée à regarder un film dans lequel il jouait, j'ai vécu cela au départ comme une punition alors que c'était un vrai cadeau, un immense cadeau de ta part. Ce jour-là, j'ai eu de la chance.

C'est pourquoi, pour revenir au début de ma lettre d'hier, après être sortie de ma douche l'esprit obnubilé par l'absence de mention de la culture dans les médias et dans le discours gouvernemental, j'ai décidé de lancer un appel au public sur Facebook pour que tout le monde envoie un mail au ministère avec ces seuls mots : « Sauvez la Culture. » Eh bien, mon cher Père, j'en suis à plus de 20 000 vues et de je ne sais plus combien de mails envoyés au ministère… je suis pas peu fière !

Je ne sais pas si cela sera très efficace ou même pas efficace du tout mais au moins je suis en accord avec moi-même !

Parfois j'ai peur de ce genre d'initiatives que je prends presque d'une manière instinctive. Ce n'est pas le résultat d'une réflexion longuement méditée mais plutôt un geste libérateur qui me permet de lutter contre une forme d'asphyxie – je le décrirais plutôt ainsi. Je ne pouvais pas rester immobile et ne pas réagir devant l'énormité de la situation : tant d'intermittents se retrouvent dans une terrible angoisse du présent, du futur ! Je me souviens très bien de ces années où rien n'était jamais acquis, où chaque mois je comptais mes heures pour être sûre de pouvoir renouveler mon chômage. Cette terreur quand je devais aller revoir mon dossier à ce qui s'appelait à l'époque les Assedic, les insomnies qui précédaient ces rendez-vous. Quand j'y repense, la sensation physique réapparaît, elle est inscrite dans mon corps ! Vive la vie d'artiste, mais on paie très cher le droit d'avoir choisi sa vie.

Il est tard, cette lettre a été écrite d'une manière saccadée. Je suis à présent dans mon lit, avec dans mes écouteurs le *Clair de lune* de Debussy que j'écoute en boucle. Dans cet instant, je ressens avec douceur ma solitude nocturne. Elle est magnifiée par le génie d'un homme mort avec qui d'un seul coup je me sens d'une proximité immense. Seule la musique provoque cela en moi : il n'y a là rien d'intellectuel, à la différence de la littérature. Ici, c'est comme si Debussy arrivait sans me connaître à rassembler toutes mes émotions nocturnes depuis ma petite enfance. C'est cela l'universalité de la musique, non ?

Papa, je vais te laisser et m'endormir avec Claude le magicien

Bonjour Pa',

Je me réveille tôt aujourd'hui et le soleil essaie déjà de traverser mon rideau pour envahir la chambre. Ça va être une journée de printemps, de cet étrange printemps qui j'espère restera comme un épisode isolé dans l'histoire de la terre.

Nous approchons du déconfinement. Dans quelques petits jours, nous allons pouvoir sortir de nos maisons sans être obligés de compter notre temps, sans notre autorisation de sortie pour déambuler dans les rues de la ville. À quelques jours de cette délivrance, un étrange sentiment m'envahit : c'est maintenant que l'inconnu commence.

Je suis un peu comme un malade qui aurait dû garder la chambre longtemps et qui va faire ses premiers pas. Nous allons tous refaire nos premiers pas : allons-nous tituber ? Allons-nous essayer de reprendre notre marche effrénée interrompue il y a cinquante jours, allons-nous avoir le vertige ? Allons-nous accepter de reconnaître que quelque chose a changé en nous et dans ce qui nous entoure, ou foncerons-nous tête baissée dans nos anciennes habitudes ?

Je souhaite ardemment que nous n'ayons pas seulement vécu un temps de pause, mais un temps de changement véritable, pourtant je crains que la lutte ne soit acharnée. Le profit va vouloir se remettre à fonctionner avec la rapidité de l'éclair et récupérer ce qu'il appelle du « temps perdu », retrouver sa rentabilité et ses bonnes habitudes de cynisme, d'individualisme, de barbarie sociale.

Je t'avoue que si tout doit recommencer à l'identique alors que la mort a fauché tant de personnes, que d'autres ont lutté contre elle au prix de courage et d'épuisement, que des enfants, des femmes, ont été victimes de violences familiales à l'intérieur d'appartements devenus aussi dangereux que des terrains de guerre, que des vieillards ont souffert de solitude intense, chez eux ou en maison de retraite, que d'autres ont dû se lever tous les matins pour aller travailler la peur au ventre, pour que nous puissions manger entre autres, alors que pendant un long temps ils n'avaient aucune protection pour lutter contre cette saleté ; si tout cela et bien d'autres choses encore ne sont pas pris en compte au moment de ce qu'ils appellent la « relance économique », s'ils oublient ceux laissés groggy sur le carreau, sans emploi, avec une énorme perte de pouvoir non pas d'achat, mais de pouvoir de vivre tout court ; si tout cela est balayé en quelques heures, je pense ne pas être la seule à vouloir m'insurger profondément.

Les blessures sont profondes. Au début de ce temps étrange, on nous a parlé d'état de guerre : il fallait faire des sacrifices et penser à sauver la Nation. Nous avons rempli notre contrat au prix d'une maîtrise de nous-mêmes étonnante. Je n'aurais jamais cru que nous tenions si longtemps avec une telle discipline. Cette situation a entraîné, non seulement dans la société, mais à l'intérieur de chacun de nous, des changements plus ou moins grands dont on ne peut nier l'existence. Ils seront peut-être irréversibles.

Ce temps de réflexion, de malaise aussi parfois et même de mal-être, il ne faut surtout pas l'effacer d'un seul coup, ce serait d'une terrible violence. Au contraire, qu'on nous accorde le droit d'avoir une convalescence commune, qui nous fera, je l'espère, cheminer vers une manière différente de penser le réel et notre temps de vie sur cette planète, qui pendant cinquante jours a pu respirer enfin et moins trembler.

Hier, j'ai fait une balade, et au détour d'une rue je suis tombée sur un terrain vague envahi de coquelicots, ces fleurs que j'adore, si fragiles, si indépendantes. Elles ne se laissent pas cueillir, elles meurent immédiatement dans la main de celui ou celle qui veut en faire un bouquet. Ces fleurs, donc, avaient poussé pour une fois tranquillement en pleine ville. J'ai pris une photo pour ne pas oublier que c'est possible et pour m'obliger à agir de sorte qu'elles puissent encore être là au prochain printemps. C'était comme un signe encourageant qui m'était fait de la part de la nature, ces belles fleurs rouges, mais aussi une invitation à la réflexion sur l'état du monde dans lequel je veux continuer à vivre. Mes oreilles redoutent de percevoir à nouveau la cacophonie urbaine. Je t'écris cela et au même instant j'entends les martinets qui sont arrivés et se poursuivent dans le ciel propre et bleu de cette matinée. Qu'en sera-t-il dans quelques jours ?

Tu vois mon étrange état. Bien sûr, j'ai très envie de pouvoir flâner dans les rues sans compter mon temps mais je suis certaine aussi de regretter la paradoxale douceur de vivre de cette parenthèse qui n'était pourtant pas enchantée !

Nous allons nous jeter dans les « tous masqués », cela va provoquer beaucoup de quiproquos qui pourront parfois être drôles. J'ai remarqué cela hier. Mon visage n'est pas très grand, il est envahi par le masque. On ne voit vraiment que mes yeux et, vu ma petite taille, j'ai surpris pas mal de regards d'hommes nettement plus jeunes que moi, qui me, si l'on peut dire, dévisageaient. Je riais « sous masque » en m'imaginant la tête qu'ils auraient faite, s'ils s'étaient aperçus qu'ils fixaient une femme qui aurait pu être leur mère. Mais n'empêche que je n'ai pas boudé ce petit plaisir ! Il faut toujours chercher le comique de toute situation, non ?

Je suis sûre que d'autres scènes semblables vont se produire. Nous exprimons tant de choses avec nos traits ; là, il va falloir inventer une nouvelle grammaire.

Nous n'aurons plus que le regard comme mode d'expression, or il y a des regards fuyants, insistants, vides, provocants, rieurs, absents... Des méprises vont advenir dans les échanges et je m'amuse déjà à imaginer leurs conséquences. Ça pourra être cocasse parfois, comme deux personnes qui se parleraient en langues étrangères...

Tu vois, tout tourne et retourne dans ma tête à l'approche de ce déconfinement. Je me demande si je ne vais pas ouvrir la porte et rester sur le perron encore quelques jours, à regarder comment cela s'amorce. Tu sais, comme quand tu es sur la plage et que tu restes longtemps sur le rivage avec juste les pieds dans l'eau, avant de prendre la décision de t'y jeter. Parfois, d'ailleurs, tu fais demi-tour pour te remettre sur ta serviette.

Enfin, tu sens bien que « je suis toute sur un brin », comme disait Maman quand elle me voyait légèrement excitée. C'est étrange, c'est comme si je sentais poindre une nostalgie, déjà, de ce temps qui n'était pourtant pas si drôle, mais où l'humain, il faut le reconnaître, était au centre.

Bonne journée Pa'

Salut Pa',

Dernier jour de confinement. Demain, tout devrait doucement s'ébranler et se remettre en marche. Je n'ai absolument pas envie de participer à ce réveil névrotique !

Je ne suis pas loin de te dire que j'ai peur, non pas d'attraper le virus, pour être honnête, je ne saurais expliquer pourquoi, je suis sûre que l'épidémie va s'arrêter dans peu de temps. Bien sûr, le confinement a aidé au grand ralentissement de la propagation, et on va essayer de respecter les gestes barrières à vie. Au-delà de ça, j'ai la sensation, et ce n'est que cela, que la bestiole va crever. J'ai peut-être tout faux, me diras-tu, on verra bien. N'empêche que la peur est très présente.

Je ne veux pas retrouver le monde d'avant, pas du tout. Je suis surtout très inquiète du bruit qui va recommencer à nous envahir, résultat de notre précipitation à nous agiter en tous sens, recommencer à se faire entraîner dans un brouhaha stérile et épuisant qui apporte si peu de satisfaction. Courir d'un endroit à l'autre pour souvent des raisons très peu essentielles. Je me sens incapable de me remettre dans mes marques d'il y a deux mois, totalement incapable. Mon indisposition est immense mais j'ai sourdement peur de me faire grignoter au fil des jours qui passent et de me réveiller un matin en sursaut en me disant que je suis sacrément en retard pour aller faire un truc qui au fond n'est pas fondamental, mais que c'est mieux de faire tout de même, on ne sait jamais…

Voilà des années que je fonctionne comme cela et ce temps d'arrêt m'a permis de prendre conscience de mon agitation parfois inutile.

Pourtant l'agitation, le passage à l'action étaient indispensables en ce qui me concerne, sans quoi je serais restée au bord de la mer avec un petit boulot, ou pas de boulot même : je fais partie d'une génération où le mariage et l'organisation de la vie de la famille pouvaient encore suffire à une femme. Tu me diras que je dis n'importe quoi, parce que toi aussi tu penses que je serais devenue folle !

J'adore ma famille, mais je ne suis pas un exemple parfait de femme au foyer. Par contre, je suis assez fière de mon rôle de mère, qui n'est d'ailleurs pas un rôle mais un état. Même si j'ai fait des erreurs parfois, j'adore être mère, avoir ce sublime rapport avec les filles, même si je crois être un peu lourde parfois. J'emploie « lourde » non pas comme le mot d'argot très utilisé de nos jours, non, mais vraiment dans son sens premier. Mon amour doit être lourd à porter pour elles mais je n'arrive pas à réguler la chose. Par moments je suis excessive d'amour et je leur fais peser, pas uniquement sur les épaules, un sentiment envahissant dont elles doivent se dépêtrer. Pas évident, j'en suis sûre. Mais que faire ? J'ai toujours peur de ne pas les aimer assez, de ne pas signifier assez mes sentiments à leur égard.

Vous n'étiez pas du tout comme ça toi et Maman. C'était génial, dans votre tête il était établi que les enfants aimaient les parents et inversement, ce qui laissait donc peu de place au questionnement. Ça nous a valu à tous de sacrés dérapages et d'immenses moments, que dis-je moments, années oui, de solitude, pour ma part. D'où cette manie de me cacher dans le grand placard pour y retrouver une certaine protection au milieu de ces vieux livres. J'étais si bien dans ce lieu clos, loin des cris, des tensions, du monde qui n'était pas bien gai.

Cela a dû s'inscrire en moi dans mon corps car, si je suis vraiment sincère, ces deux mois à l'intérieur ne m'ont pas été difficiles. L'extérieur n'était pas une nécessité primordiale. Bien sûr, je suis privilégiée et je ne vis pas dans trente mètres carrés, mais je suis beaucoup restée dans ma chambre assise par terre dans la tache faite sur le sol par les rayons du soleil.

Tu comprendras donc que l'idée de me retrouver confrontée à la folie urbaine m'enchante très peu, et surtout, celle d'être engloutie inconsciemment par tout mouvement m'effraie plus que tout. J'ai envie de penser que nous sommes nombreux à vouloir continuer à entendre le chant des oiseaux dans Paris, comme celui que j'entends alors que je t'écris.

Papa, je n'ai aucune idée de ce qui nous attend. Est-ce que demain tout le monde va se jeter dehors et recommencer à courir, ou est-ce que beaucoup vont vouloir conserver ce sentiment d'apaisement qui nous a tous surpris ? Je sais certains, ils sont nombreux, très inquiets pour leur avenir. Faut dire, c'est une sacrée hécatombe économique et ce sont encore les mêmes qui vont en subir les conséquences. Ils vont passer du statut de pauvres à celui de miséreux. Je t'assure, la misère comme au XIXe siècle va entrer dans beaucoup de foyers, certains commencent à avoir vraiment faim et honte, bien sûr. Toutes les banques alimentaires sont dépassées par l'afflux des gens. Si ça continue, elles ne vont plus pouvoir aider tout le monde. Pour l'instant le sentiment de solidarité est là, mais jusqu'à quand ? J'ai peur que la machine du profit soit plus puissante que toute humanité, je ne sais pas si j'arriverai à le supporter encore. S'insurger, aller fouler le pavé, dénoncer des actes odieux et inhumains, se battre pour une proposition de forme de vie à une échelle plus humaine. Voilà si longtemps que je le fais, Papa, selon mes moyens et mes capacités bien sûr, mais cela m'a valu une sacrée étiquette, qui m'a parfois empêchée d'être engagée sur des projets, je le sais. Je ne regrette rien mais, à l'idée de replonger dans tout cela, je ressens comme un vertige. Car il n'y aura aucun cadeau, les possédants voudront très vite rentrer dans leurs comptes, le CAC 40 voudra recommencer à régner en maître et les dépossédés vont avoir la vie bien dure.

Que faire ? Se dire que c'est la vie, que rien ne changera jamais ou retourner à l'affrontement ? En ce dimanche matin, si doux, si calme, comme si la nature nous obligeait à nous rendre compte que nous pouvons encore une fois la perdre, si nous repartions dans la folie ?

En ce dernier jour de temps arrêté, je t'avoue être extrêmement partagée. Si j'étais tout à fait sincère et égoïste, je voudrais que le temps reste arrêté. J'ai honte, car je sais très bien que cette situation signe le désespoir de beaucoup de gens, mais voilà mon sentiment profond. Pour tout te dire, je serais capable de rester des années loin de ce monde qui me terrifie tel qu'il est.

La terre va recommencer à trembler. Comment empêcher cela ? Aurons-nous la force de nous opposer à sa maltraitance ? Allons-nous garder cette attention à l'autre qui s'est immiscée dans nos esprits et nos âmes ? Ne l'avons-nous développée qu'en rapport à la peur de notre propre mort ou parce que nous avons enfin ouvert les yeux sur l'incroyable nécessité d'apprendre plus que jamais à être ensemble ? Tu sais à quel point j'aime ce mot « ensemble », moi qui suis au fond solitaire. Ensemble ne veut pas dire être collés les uns aux autres en permanence, ensemble c'est juste avoir la conscience de l'autre et savoir qu'il t'est indispensable pour que tu puisses vivre.

Papa, je t'assure, cette matinée de dimanche est incroyable ! La nature nous dit au revoir, les oiseaux ne cessent de chanter, après l'orage, le soleil perce parfois entre les nuages, et ils s'amusent à cache-cache. Je m'en moque si c'est niais ce que je t'écris, je sais juste que je ne veux plus perdre cette douceur de vie.

De toute façon, demain je ne sortirai pas, j'essaierai de prolonger encore un peu cet état en suspens. J'ai la chance d'en avoir la possibilité.

Je suis sûre qu'aujourd'hui va être une journée d'angoisse pour les profs, les instits, les vendeuses de magasin, les coiffeuses : ils vont éprouver ce que les caissières et tant d'autres ont vécu depuis deux mois. Quand je pense à ça, la colère remonte en moi, car vraiment, ce gouvernement a été d'une incapacité terrifiante, et la seule chose qui le motive reste le profit ! Depuis le début il a été amateur et inconséquent.

Bon, j'arrête tout de suite, je ne vois pas pourquoi je me gâcherais mon dimanche matin ! Mais enfin, je suis sûre que dans trente ans les gens seront ébahis devant tant de nullité ! J'arrête j'ai dit !

Papa, les filles vont venir déjeuner, et ce sera un vrai dimanche de mai avec poulet rôti au menu et fraises en dessert !

Je t'embrasse très fort

Papa, j'ajoute un petit codicille, c'est matin !

Impose ta chance, serre ton bonheur et va vers ton risque
À te regarder, ils s'habitueront

René Char,
Les Matinaux, 1950

Bonjour Pa',

Je me suis réveillée avant que l'aurore n'ait posé ses doigts de rose sur l'horizon – j'adore cette expression d'Homère « l'aurore aux doigts de rose ».

Je suis terriblement angoissée à l'idée de tous ces gens qui vont devoir prendre le métro pour retourner au boulot ! Quand je pense qu'au début du confinement j'avais annoncé fièrement, et un peu bêtement bravache, que lorsque nous aurions le droit de sortir, je me saoulerais sans modération pour fêter ça. Je peux te dire ce matin que je n'en ai plus aucune envie, car il est difficile de se réjouir. Les médias parlent d'une deuxième vague d'épidémie alors que nous n'avons pas encore franchi le pas de la porte.

Si c'est vraiment le cas, alors tous les motifs uniquement économiques qui font retourner les petits enfants à l'école afin que leurs parents puissent aller travailler et empêcher l'écroulement de notre bonne société néolibérale, tous ces motifs sont terriblement dangereux et irresponsables !

Mais comment sortir de cet imbroglio ? Soit tu tombes malade, et tu peux en mourir ; soit tu es chômeur et tu peux aussi d'une autre manière en mourir, en tout cas socialement. Quand donc cette folie va-t-elle s'arrêter ? Nous payons bien cher les excès de quelques-uns qui n'ont jamais pensé qu'à engranger des sommes folles sur le dos de millions de pauvres bougres démunis.

Ah, je suis fatiguée ces jours-ci, Papa, de ce monde. Je n'arrive plus à supporter les médias, mais je continue à me planter devant la télé pour écouter les explications bien souvent hasardeuses et prétentieuses des commentateurs. Je t'assure, je suis fascinée : comment peuvent-ils parler autant et tous les jours ? Nous distiller lentement mais sûrement ces analyses catastrophistes qui te découpent le moindre enthousiasme en tout petits morceaux ? Égoïstement, je me réjouis de ne pas être obligée de plonger dans les escaliers du métro. Ils te parlent de conscience responsable de citoyen quand tu prends le métro ! Cela prouve juste qu'ils ne l'ont jamais pris ! Comment fais-tu ? Si les choses sont organisées de manière qu'il y ait une place sur deux dans les wagons, beaucoup plus de gens resteront à quai et, très vite, les emplacements dessinés sur le sol dans lesquels chaque personne doit se tenir vont être occupés par trois ou quatre voyageurs ! Tu peux me dire : « Ne prends pas le métro, alors. » Mais quand tu travailles à l'autre bout de chez toi, tu fais comment ? Pendant les grèves de novembre, décembre, les gens s'étaient organisés pour certains en covoiturage. Mais aujourd'hui, monter dans une voiture qui n'est pas la sienne peut être dangereux. À moins que ce ne soit toujours les mêmes qui montent dedans, qu'ils aient fait un test sérologique, qu'avant d'ouvrir la portière, ils prennent tous leur température… Ou bien, tu achètes de magnifiques chaussures de marche et tous les matins et soirs tu parcours des distances insensées pour parfois aller faire un travail que tu détestes, c'est vraiment la double peine ! Tu peux aussi installer une tente pas loin de ton bureau et rentrer seulement les week-ends chez toi. Tu peux faire ça aussi ! Ça devient vraiment de la science-fiction ! Ou bien chacun va prendre sa propre voiture et là, en deux jours, le nuage de pollution qui depuis deux mois avait déserté le ciel de Paris va tranquillement reprendre sa place et nous étouffer comme un vieux chat énorme.

Je m'affole peut-être trop, j'ai toujours très peur avant de plonger, dans la mer ou dans une situation. Une fois que j'y suis, je nage, mais enfin, pour tout te dire, je n'en vois pas le bout de cette atroce aventure.

Non, je t'assure, ça tape sur le citron ! Les dieux sont très en colère, il va bien falloir apprendre un peu la contrition. Là où la moutarde monte au nez, c'est que ce sont toujours les mêmes qui paient : cette course à l'argent détériore la planète et, à cause du réchauffement climatique, libère des milliers de virus qui étaient coincés dans les glaces de la banquise ! Et, évidemment, j'apprends que des milliardaires se sont déjà fait construire des bunkers pour échapper à la catastrophe climatique ! Pendant que d'autres mourront à leur porte !

Papa, faut que j'arrête parce que, si ça continue, le moindre bruit de moteur va me terrifier ! Je n'ai pas du tout été préparée à ça moi ! Qui l'a été ? me diras-tu. Mais je suis une enfant des trente-six glorieuses, moi, l'avenir était radieux et les robots Moulinex le *must* de la libération de la mère au foyer ! Bien sûr, j'enjolive. Les femmes mouraient d'avortements clandestins, elles ne pouvaient pas avoir de carnet de chèque sans l'aval de leur mari et ne pouvaient pas porter de pantalon dans les administrations. Mais, à part ça, l'avenir était radieux. Faut relire *Roses à crédit* d'Elsa Triolet, ma copine. En y repensant, je me dis que le destin de Martine, le personnage central du roman, est une vraie parabole visionnaire pour notre époque. À être fasciné par toutes les petites lumières allumées pour nous aveugler par une politique de profit et de consommation, on devient fou et on meurt dans la fange et la destruction. C'est si facile de faire croire à ceux qui n'ont rien qu'ils peuvent transformer leur destin et devenir les héros d'un moment.

Dis donc, je commence bien la semaine moi, un moral d'enfer !

Je voudrais juste un instant pouvoir m'asseoir à nouveau dans le jardin à Marseille, qui n'était pas franchement joli et dans lequel tu t'évertuais à planter des fleurs qui ne poussaient pas souvent, m'asseoir sur un des petits rebords qui les entouraient et regarder des fourmis trimballer des énormes miettes de pain tombées de mon goûter. J'ai toujours été fascinée par l'opiniâtreté des fourmis, elles ne lâchent jamais, elles marchent en file, tu les disperses, elles reviennent automatiquement se remettre en place et continuent à charrier des trucs énormes. Elles ont une force insensée tout de même et une constance ! Je les ai beaucoup observées, des heures durant, je crois qu'elles m'ont influencée, ha, ha ha ! Faut bien rigoler, même s'il y a un peu de vrai dans tout ça. Oui, je voudrais être dans le jardin et sentir la ville autour de moi, mais celle de mes années d'enfance où on pouvait demander un marteau à son voisin et lui parler par-dessus le mur mitoyen. J'exagère, parce que mon voisin hier m'a passé une pompe à vélo, mais j'habite en Seine-Saint-Denis…

J'entends le flot des voitures sous ma fenêtre. Voilà, c'est reparti et que personne ne dise, s'il vous plaît : « Mais c'est la vie qui reprend. »

Arrête, Ariane ! Il faut se faire confiance, de toute façon, il n'y a pas d'autre solution, on ne peut pas attendre grand-chose du club des grands menteurs qui sont en place. Alors, comme la fourmi ma voisine, je vais mettre sur mon dos mon énorme angoisse et avancer.

Papa tu me manques

Bonjour Papa,

J'ai laissé passer les premiers jours de déconfinement. Très étranges d'ailleurs ces jours. Comme si j'avais fait un long voyage en bateau (c'est bien entendu une vue de l'esprit, quand on connaît mon profond handicap sur un bateau qui me fait vomir au bout de trois minutes sur le pont et m'évanouir au bout de cinq), mais donc, comme si nous avions tous remis pied sur la terre ferme avec cette sensation de tangage qui reste pendant encore des jours entiers.

Nous tanguons, Papa, nous tanguons ferme. Nous sommes dans un état de découverte dans une ville que nous connaissons parfaitement. Nous revenons d'un long voyage, chargés d'émotions avant tout anxiogènes, et nous ne pouvons toujours pas nous détendre, car ce monde qui était le nôtre il y a deux mois est devenu dangereux pour tous. Nous marchons dans les rues, sans avoir besoin d'autorisation dorénavant, mais je trouve que c'est pire. Nous cherchons des parcours où les rues restent plutôt vides : croiser ses semblables n'est toujours pas simple. Nous avançons masqués et celle ou celui qui ne l'est pas est vu comme un danger… un ennemi.

La rue est un danger que nous devons affronter si nous ne voulons pas mourir séchés comme des harengs dans nos maisons. Entrer dans un magasin n'est pas automatique : on mesure le risque, comme si nous devions nous aventurer sur l'île mystérieuse de Jules Verne. Nous avons perdu l'habitude de parcourir de quelque manière que ce soit de grandes distances à travers la ville.

Hier j'ai accompagné Valentine à un rendez-vous médical, j'en suis revenue épuisée. Quel beau moment passé avec ma fille, masquées l'une et l'autre sans pouvoir nous embrasser, nous toucher. Pour moi, c'est le comble de la folie : ensemble dans une voiture où tout l'échange ne se fait qu'avec les yeux et une voix transformée par cette protection qui fait en plus terriblement transpirer !

Cet état des choses nous oblige à rester en permanence sur le qui-vive dès que l'on sort de chez soi. Je suis persuadée de ne pas être seule dans ce sentiment de flottement, d'hésitation et de méfiance. On ne cesse de nous dire que nous allons nous habituer, mais enfin c'est terrible, il va falloir s'habituer à la déshumanisation ! Parce que c'est de cela qu'il s'agit. J'ai même entendu à la radio un invité qui disait que de toute façon nous étions arrivés à des attitudes étranges : s'embrasser souvent, se serrer la main, se « hugger », nous avions développé à l'excès une proximité qui n'était pas indispensable ! Mais tu le crois ça ? Il est fou ce type !

L'affection, l'amour et les signes qui en découlent sont aussi vitaux que boire et manger ! Cette épidémie a ouvert la porte à tous les monstres de l'abstinence, ces grincheux, ces envieux, incapables du moindre élan, ces morts de peur, incapables de prendre le moindre risque dans le théâtre des émotions ! Les voilà paradant au milieu d'un monde en veille, où les clameurs de vie ressemblent ces temps-ci à des murmures. Mais qu'ils profitent de leur avantage très momentané. Bientôt, comme le printemps de la nature qui explose, le printemps des âmes va à son tour prendre son essor et balaiera tout sur son passage dans l'écho des cris heureux de tous ceux qui croient à la force de la vie.

Tu vois, on est comme ça en ce printemps, comme si chacun de nous était un peu bancal, des moments de grande tristesse suivis de moments de résistance et de victoire. Nous marchons tous comme des canards, on se dandine pour rester en équilibre.

Il a tout de même du bon ce déconfinement, après avoir rêvé pendant plus de quarante ans de rouler en deux roues, ma peur de prendre le métro m'a fait franchir le pas. Me voilà fière (et attentive) à parcourir les rues sur ma Vespa électrique. J'adore retrouver la satisfaction d'un rêve d'adolescence, rien n'est jamais terminé dans la vie, la preuve ! Tu m'as toujours interdit de rouler en mobylette, ben, pour une fois, je suis contente que tu ne sois pas là ! Et moi, j'ai l'impression de pouvoir encore transgresser la loi paternelle. Rien n'est jamais fini ! Ça s'empile !

Je te promets, je fais très attention et je n'ai plus la folie de mes quinze ans, je me moque d'aller vite. Mais rouler le nez au vent en ce printemps étrange, voilà un plaisir qui me reconstitue…

Je t'embrasse mon Papa, je passe à table

Voilà trois jours que je ne t'ai plus donné de nouvelles, mais cette première semaine de déconfinement est décidément étrange. Nous n'arrivons pas à retomber sur nos pattes, enfin moi particulièrement, je n'arrive pas à trouver le bon rythme. Je supporte de plus en plus mal la nouvelle façon de vivre qu'on nous incite à pratiquer. On peut sortir, mais évidemment masqué. Il faut attendre sur le trottoir devant n'importe quel magasin, en gardant un mètre de distance les uns par rapport aux autres. S'étirent donc des files incroyables pour acheter une baguette de pain. Tout est démultiplié en termes de temps, tu ne peux pas dire : « Je sors chercher le pain, j'en ai pour deux minutes » parce que tu reviens une demi-heure plus tard ! Rien ne se fait naturellement, tu dois tout prévoir. J'ai l'impression d'avoir une liberté de mouvement totalement entravée. Chaque fois que je sors de la maison j'oublie mon masque, je dois faire demi-tour. Une fois sur mon nez, je dois toujours penser à ne pas le toucher, s'il me gratte je n'ose pas passer mes doigts en dessous.

Ce truc tient chaud, on ne respire pas si bien que ça, et dès qu'on se met à marcher vite, la respiration s'accélère et il te colle au visage. L'élastique finit par te tirer derrière les oreilles… enfin je pourrais en parler encore longtemps, mais ce n'est pas cela l'essentiel.

Nous sommes au fond dans une espèce de sursis. À longueur de journée les médias nous répètent de faire attention, d'être responsables, d'avoir une attitude de grand civisme sinon nous retournerons dans nos boîtes à confinement ! En même temps une partie de la population, particulièrement ici à Paris et dans la proche banlieue qui est en manque d'air, envahit les quais de Seine ou du canal Saint-Martin (les parcs sont toujours fermés) et se retrouve agglutinée au risque de se repasser l'immonde microbe !

D'autres, plus privilégiés, les trouvent inconscients. C'est vrai qu'ils le sont mais il n'y a, je crois, jamais eu un printemps pareil à Paris, et comme les terrasses de café n'existent toujours pas, les gens se retrouvent où ils peuvent avoir la sensation d'être encore vivants !

Papa, c'est tout de même étrange ce que je t'écris, j'ai l'impression de vivre un cauchemar. Lorsque je regarde un film à la télé où je vois des gens se parler de près, se prendre la main, ou pire encore s'embrasser, je me demande quand nous pourrons refaire ces gestes qui nous apparaissent aujourd'hui comme des dangers alors qu'il y a encore deux mois nous les pratiquions sans y penser. J'ai une partie de mon cerveau qui conserve des réflexes tactiles et une autre qui lutte pour les refouler. Je souffre de ne pouvoir toucher personne. M'interdire de poser ma main sur l'épaule de Madeleine, de la prendre dans mes bras modifie nos rapports : le langage du corps si fondamental avec ceux qu'on aime est frappé de mutisme. Je t'avoue que ne pas sentir comment palpite le corps de ceux que j'aime me donne des angoisses.

Enfant, j'adorais quand tu me prenais dans tes bras. Ce n'était pas si souvent mais j'ai encore et toujours en moi la sensation de bien-être et d'invulnérabilité que j'éprouvais pendant que tu me portais, moi qui faisais semblant d'être endormie. J'entendais ton souffle calme et régulier d'homme, à qui cela ne demandait aucun effort physique de porter sa petite fille si heureuse d'être protégée du monde.

Je me rappelle bien une fois où nous étions allés au cinéma voir *Hatari !* J'en parle parce que ce film est passé ce soir sur une des multiples chaînes que nous pouvons aujourd'hui regarder, et bien sûr, je me suis mise devant. Je ne sais pas si c'est l'histoire qui m'a donné le sourire ou plutôt le fait que le film m'offrait une escale dans ma petite enfance, ce temps parfois léger et insouciant où je ne savais rien ou très peu de la guerre d'Algérie qui pourtant détruisait les vies de jeunes gens s'affrontant, certains parce qu'on les envoyait au front sans leur demander leur avis. J'ai souvenir d'un ami de mon frère venu pendant son temps de permission dire bonjour à la maison, et moi, vraiment petite, très étonnée d'entendre un grand garçon dire qu'il ne voulait pas repartir parce qu'il avait tellement peur. Et, de l'autre côté de la mer, des jeunes encore qui se battaient pour avoir droit à la dignité et à l'indépendance de leur pays. Mais tous ces jeunes hommes ont perdu leur temps, pour certains leur vie, leurs rêves, comme disait l'autre, d'un monde meilleur. Je ne sais pas pourquoi je parle de tout ça ce soir, peut-être parce que l'ambiance générale est au fond assez sombre et fluctuante.

Ça doit être ça la résistance et non la résilience. Je veux résister à cette folie qu'on nous a imposée, parce qu'il faut bien être conscient que ce temps de fou est le résultat d'un monde qui ne cherche qu'à gagner, gagner, gagner et encore gagner, quitte à mettre en danger les humains. Oui, je veux résister, ne pas perdre mon indépendance, car toutes ces contraintes sont liberticides, et je ne me résoudrai jamais à accepter qu'on m'impose une seule marche à suivre. Mais bien sûr la peur est présente, et c'est peut-être cela résister : passer par-dessus cette angoisse qui m'étreint.

J'ai l'impression d'user d'un langage du siècle dernier, je me dis que je suis « à la ramasse ». Au fond, j'aimerais tant claquer des doigts et que cet horrible traumatisme disparaisse. Que nous acceptions de le reconnaître ou pas, le résultat est que plus les jours passent, plus nous commençons à mesurer le traumatisme qui nous a secoués.

Papa, j'aimerais tellement te parler d'autre chose, des roses blanches qui sont écloses au fond du jardin, des fougères énormes qui se sont dépliées et auxquelles je parle tous les jours. Je pars un peu du ciboulot, Papa, tous les matins je fais le tour du jardin et je parle aux arbres et aux plantes. Je comprends beaucoup mieux maintenant pourquoi, dès l'arrivée des beaux jours, tu te levais tôt le matin pour te balader dans ton petit jardin pas si joli. Quand je me moquais de toi, tu me disais : « Tu es trop jeune pour comprendre, mais c'est moi qui ai raison, je t'assure, c'est le plus beau moment de la journée. » Aujourd'hui je ne suis plus loin de te croire, c'est peut-être aussi une question d'âge.

Mon pauvre Papa, tu vois un peu l'état de ton Petit Coco. Pas de drame, nous sommes chanceux, d'autres n'ont pas été aussi épargnés que nous, mais je continue tout de même de tanguer sur cette terre pas si ferme…

Je t'embrasse si fort

Pa',

Nous entamons la troisième semaine du déconfinement. Si les conditions sanitaires commencent à s'améliorer, les dégâts psychiques commencent, eux, à se découvrir chez chacun de nous. C'est un spectre large qui va de l'exaltation stupide et légèrement hystérique à un comportement craintif de lapin qui reste bloqué *ad vitam* dans son terrier.

Les deux attitudes m'agacent prodigieusement : l'arrogance des jeunes gens qui affirment leur invincibilité avec une morgue qui les fait s'agglutiner sur les bords du canal Saint-Martin – les parcs sont toujours fermés –, et la frayeur de ceux qui ne sortent pas de chez eux et restent collés à leur écran derrière lequel, encore et toujours, les experts se succèdent, eux-mêmes s'enlisant dans des polémiques scientifiques sans fin.

Si je suis un peu ces débats, j'ai la sensation qu'on me balade comme une bille de flipper. Je ne peux que respecter les titres de ces intervenants, mais comme je ne comprends rien en médecine, je me retrouve dans la position éternelle du malade face au soignant. Comme il a le savoir, même si tu frimes un peu, au bout d'un moment tu fermes ta gueule car il a, l'homme en blanc, un pouvoir langagier radical qu'il manie avec brio et tu ne peux pas lutter. En tout cas, moi, je ne peux pas. Particulièrement avec les toubibs à l'hôpital qui sont un peu comme des ingénieurs techniques, tu vois, des types qui réfléchiraient sur des voitures de course : les pistons, les reprises, la boîte de vitesses, les essais de tours de piste. C'est un peu provocateur, mais il y a de ça.

J'ai pratiquement arrêté de regarder les chaînes d'info, je suis saturée par ces déclencheurs d'angoisse. Je fais les gestes barrières. Je m'oblige à garder les distances avec les filles, ça me pèse terriblement. L'autre jour, j'ai recouvert Madeleine d'un drap et j'ai pu enfin la prendre dans mes bras. C'était un moment suspendu, j'aurais voulu ne jamais l'interrompre. Nous sommes une famille de tactiles, cette retenue m'épuise.

Je t'assure, c'est bizarre de penser que si tu prends un ami, un enfant, ton enfant dans tes bras, il peut te faire mourir. Tu imagines ça ? Règne en permanence un sentiment de méfiance. La fameuse phrase que tu entends souvent en temps normal : « Je pourrais me tuer pour mes enfants » n'est pas si vraie au fond. L'instinct de conservation est tellement développé chez l'humain, nous en avons la preuve avec cette pandémie. La peur est véritablement un sentiment très dangereux, destructeur. Cela me fait penser à Pierre qui par trois fois renia Jésus. Je n'arrivais pas à l'accepter quand on me racontait ça à l'école du dimanche. Je trouvais que c'était mais alors profondément dégueulasse. Pendant des mois Pierre suit Jésus, il n'arrête pas de lui dire qu'il est capable de tout pour lui. Il sera celui en qui Jésus a une immense confiance, même s'il connaît sa couardise, bon c'est normal, il sait tout avant tout le monde. Et Pierre va agir exactement comme Jésus l'a prédit : il n'est pas capable de prendre sur lui malgré sa peur. Ça me rendait folle, enfant ! Bon, il a mal fini lui aussi. Il s'est plus qu'amendé, mais ça prouve qu'en temps de crise personne ne sait comment il réagira. Je crois que c'est cette constatation qui a secoué l'esprit de beaucoup de mes concitoyens, comme on dit. Les gens se sont surpris eux-mêmes par leur comportement dans ce temps bouleversé.

Aujourd'hui nous continuons à tanguer comme je te le disais l'autre jour, mais le tangage est intérieur pour tous et pour certains un peu houleux. On ne peut pas enfermer toute cette période dans un placard et tourner simplement la clef. Le brouillard anxiogène qui a envahi nos esprits pendant des semaines ne s'évapore pas si facilement. Je te donne un exemple : j'avais décidé qu'une fois le confinement terminé, je te dirais au revoir, que je te laisserais repartir dans tes contrées lointaines. Pour l'instant, je n'y arrive pas. J'ai besoin de sentir ton ombre protectrice, comme si je n'étais pas encore sûre de moi pour avancer. J'ai besoin de te sentir proche comme lorsque j'étais malade enfant et que tu ne donnais à personne le droit de me soigner, toi seul m'approchais. Je me souviens toute petite avoir été très malade, il fallait me faire une piqûre le matin et le soir, c'était une véritable torture pour moi. Mes journées étaient réglées sur ces deux moments de terreur. C'est toi évidemment qui me faisais ces piqûres. Je voulais toujours me montrer courageuse à tes yeux, je te promettais que, la prochaine fois, je ne hurlerais pas, je ne courrais pas me cacher et, bien sûr, chaque fois c'était un véritable cirque. Tu n'as jamais crié, tu ne t'es jamais énervé. Je sentais confusément que tu avais beaucoup de peine, mais qu'il fallait appliquer ce traitement et que rien ne te ferait reculer. Une fois la piqûre faite, tu me prenais dans tes bras et je pouvais sangloter longuement. C'est peut-être dans ce moment-là que j'ai eu la certitude que lorsque c'était trop dur je pouvais m'appuyer sur toi.

Tout en écrivant, je réalise qu'à chaque moment terrible de ma vie, je t'ai convoqué. J'ai le souvenir précis d'avoir hurlé ton nom, un véritable appel à l'aide, alors que tu étais déjà mort depuis plusieurs années. Je peux invoquer immédiatement cette douleur qui m'avait fait prononcer ces mots : « Je veux voir mon père » et je n'avais plus vingt ans depuis longtemps. Aujourd'hui encore je donnerais cher pour te voir cinq minutes, et pourtant, on s'est bien engueulés parfois ! Quand je regarde Madeleine et Robert, j'y vois le même affrontement et je vois aussi la puissance insensée d'une enfant quand elle veut blesser son père. Un enfant peut détruire un parent aimant en un temps plus court que celui d'un soupir. Lorsqu'on est jeune, on se relève plus vite d'une dispute. Avec l'âge, les paroles assénées avec désinvolture et sans volonté de blesser peuvent vous mettre à terre. C'est pourquoi je te demande pardon pour les semaines où je ne t'adressais plus la parole, les moments où je te faisais comprendre sans égard que je me moquais totalement de ce que tu pouvais me dire et où je te signifiais ostensiblement mon impatience. Et pour la dispute dans la voiture le jour où tu m'amenais à la mairie pour me marier et où je t'ai dit avec violence que dans l'heure suivante tu n'aurais plus aucun pouvoir sur moi. Quand j'y pense, c'était tellement débile !

Ce n'était pas une question de pouvoir de ta part, c'était juste que tu étais malade de tristesse à l'idée de me perdre. D'une certaine manière, tu ne serais plus l'homme de ma vie ! Vraiment, pardon Pa', dire qu'il faut tant d'années pour comprendre qu'un père est aussi une personne humaine ! J'ai mis tant de temps pour mesurer la force de notre lien, mais avoue aussi qu'avec vos histoires avec Maman, c'était pas simple de se savoir entourée d'amour… C'est tellement compliqué pour un enfant de trouver sa place dans une famille turbulente et chaotique. Peut-être dans n'importe quelle famille ?

Tu veux bien venir dans un rêve un de ces jours ? On pourrait parler de tout ça, ou pas d'ailleurs. Des tas de gens s'en chargent à longueur de livres, de films. Juste on s'assiérait côte à côte, sans parler, et je mettrais ma respiration au rythme de la tienne comme lorsque les après-midi d'été je venais faire la sieste avec toi.

Je ne vais peut-être pas te quitter encore, simplement j'espace… les convocations, je vais prendre le temps pour te laisser partir à nouveau.

Bonsoir Papa

Papa,

Un nouveau dimanche matin s'annonce, celui de la Pentecôte. Il est tôt, tout est silencieux, le soleil est déjà en place. Demain nous serons le premier juin, qui a toujours été pour moi le début de l'été, vingt jours avant la date officielle. Le mois de juin est un mélange d'angoisse et de lâcher-prise. C'est le mois des examens, des concours et, dans le Sud, c'est le mois des premières soirées qui traînent en longueur, où les crapauds s'égosillent pendant des heures, le mois des sandales tant attendues – elles ont la vie courte, on se retrouve très vite à marcher pieds nus dans le sable bouillant –, le temps des cerises, mais là pour de bon… Tout est propre, terriblement jeune, excité, il y a une joie de vivre qui flotte parfois même malgré nous.

C'est mon état en ce matin dominical si plein de vie qui augure, malgré les gestes barrières et la distanciation nécessaire toujours en place, une longue journée familiale enfin : les grands-parents retrouveront leurs petits-enfants, même s'ils ne peuvent pas encore les prendre dans leurs bras, ils se verront « pour de vrai » et plus seulement virtuellement, ils les regarderont trotter dans leur maison pour les plus petits, constateront que les ados ont grandi pendant cette drôle de période, ce qui réjouira lesdits petits-enfants qui pour une fois seront très contents de ce repas dominical même s'il les a empêchés de traîner plus longtemps au lit à lire des mangas ou à téléphoner des heures durant – le bonheur du téléphone au lit est tout de même très précieux. Enfin, peut-être que personne ne le formulera, mais les grands-parents, les parents, les petits-enfants seront juste contents d'être ensemble et qu'il n'y ait aucune chaise vide.

Pour moi, ce sera un peu différent. Cette parenthèse pandémique a commencé par la perte d'un homme que j'aimais beaucoup, avec qui j'avais un plaisir fou à être sur scène tous les soirs. Le son de sa voix me fascinait, jamais je ne m'en suis lassée. J'aimais notre rapport professionnel complice et la discrétion de notre amitié à l'expression toujours en retenue mais à l'attention certaine que nous nous portions réciproquement. Salement atteint par le crabe furieux qui le rongeait, pas une fois je ne l'ai vu se plaindre ni parler de sa maladie. Tous les soirs, il faisait entendre à un public attentif, silencieux et ému la parole d'Aragon. Il expliquait l'amour avec les mots de ce fou d'Elsa à qui je prêtais ma voix. J'ai adoré jouer ce spectacle. J'étais parfaitement à ma place, je me reconnaissais et revendiquais le droit d'énoncer l'écriture de ces deux auteurs magnifiques qui racontaient la « jeunesse d'aimer ». Pas un seul soir il n'a flanché sur scène, jamais, alors qu'il devait parfois reprendre force et courage en fin de spectacle dans les coulisses pour rejoindre notre loge. Quand le confinement nous a obligés à arrêter les représentations, avec élégance encore, il est parti dans un lieu inconnu faire résonner les vers et la prose de ce cher Louis.

Nous sommes aujourd'hui à la quasi-fin des mesures sanitaires, donc à un retour presque normal à la vie quotidienne et cela se signifie pour moi par un autre départ. Celui, hier soir, de ma douce amie M., à qui, un jour plus tôt, sa main dans la mienne et son regard épuisé mais si profond posé sur moi, je lisais du Aragon, encore lui, en essayant de lui dire à travers les mots de cet autre, un au revoir sincère et aimant, en cachant maladroitement ma peine car je sais que je forçais mes sourires devant ce petit corps devenu si maigre et fragile. Il ne restait plus que ses yeux et son sourire, qui a toujours été éclatant. Hier soir, elle a rendu les armes et a fait ses bagages pour ce pays lointain que tu habites. Accueille-la s'il te plaît, elle te plaira. Elle non plus n'a jamais laissé sortir une seule plainte de sa bouche devant moi. Elle ne donnait droit qu'à l'humour pour raconter son crabe personnel. Longtemps elle s'est battue avec une joyeuse ironie contre lui, elle a continué à s'occuper de toutes et de tous jusqu'à ce que ses forces la lâchent et si cette année le festival d'Avignon est annulé, pour moi, c'est parce qu'elle ne pouvait pas être présente et, sans elle, ça ne voulait plus rien dire !

Papa, sois gentil, explique à l'un et l'autre comment ça marche l'éternité, guide leurs pas d'apprentissage de l'au-delà, ils auront moins peur puisqu'ils se retrouveront. Je m'imagine que D. a attendu M. sur un banc. Nous devions être tous ensemble à Avignon cet été, et je me retrouve bien seule ! Ce sont des lâcheurs, je ne leur en veux pas, mais franchement c'est moins drôle sans eux.

Ma tristesse est vraiment si grande qu'elle ne peut pas rentrer dans mon cœur, alors elle déborde de partout et j'essaie depuis hier soir d'éponger ce ruisseau qui s'infiltre et passe sous toutes les portes de mon âme.

J'aimerais bien que ça s'arrête un peu, tous ces départs. Nous venons de vivre un temps irréel où la mort a fait entendre très bruyamment le battement de ses ailes, jour après jour. Elle est devenue pendant deux mois la star des écrans, des journaux, elle s'est faufilée partout avec aisance et il a fallu se battre pied à pied pour lui résister. Elle est tellement forte et autoritaire. C'est son calme qui m'impressionne le plus : le calme des champions qui savent qu'ils vont gagner. Et ça ne la gêne pas qu'on fête ses victoires dans le silence et les larmes.

Heureusement, je sais grâce à toi que rien n'est jamais fini, qu'elle ne peut vous empêcher de continuer à être là présents, même plus qu'avant. Tu ne m'as jamais autant accompagnée que depuis que tu es mort. Tu prends le train avec moi sans payer, tu es dans la loge du théâtre et me regardes tranquillement me maquiller, tu es très fier à Venise quand je vais chercher mon prix et m'aides à parler devant ce parterre du monde du cinéma. Tu voyages beaucoup plus qu'avant d'ailleurs, puisque tu es toujours collé à moi quand je prends l'avion où je meurs de peur.

Oui, tout cela, la mort ne peut pas le changer, c'est ainsi. En tout cas, c'est ainsi que j'envisage la vie depuis toujours. Enfant, la mort me terrorisait, mais c'était normal, il me fallait du temps pour comprendre qu'au fond l'abandon n'existait pas. Ou alors, j'ai tout inventé mais je m'en fous, ça me permet de profiter bien plus de la vie, même si des fois c'est pas rigolo.

Je vais tirer le rideau de ma chambre, ouvrir la fenêtre, faire entrer le soleil de ce dernier jour de mai et le laisser inonder ma tristesse de lumière.

Je t'embrasse très fort Papa

Post-Scriptum

Maman,

Je suis revenue au bord de la mer, dans cette calanque qui longtemps a été si protégée et qui aujourd'hui peut être vue sur tous les écrans du monde. J'ai participé à ce changement mais je n'en ai jamais été heureuse. Même si je revendique le film, donner à voir un lieu qui pour moi représentait la paix et la cordialité n'a pas été un geste simple.

Enfin, me voilà revenue dans cet endroit où tu proposais à chacun de venir boire le café à la maison et où tu prenais plaisir à raconter tes fiançailles et ton mariage avec celui qui fut aussi ton partenaire de disputes et de conflits terribles qui nous mettaient tous à terre. C'est à lui que j'ai écrit ces lettres qui m'ont aidée à traverser un temps qui parfois me semblait fictif. Ce n'est pas à toi que je me suis adressée.

Pourquoi ? Je ne sais pas, mais jamais nous n'avons communiqué sur ce mode. Toi, tu m'as appris l'énergie permanente, le silence et le contrôle des émotions profondes, quitte à paraître parfois opaque. Tu m'as enseigné qu'il ne sert à rien de dévoiler à l'autre les abîmes de ses réflexions vitales : cela fait trop peur et jamais l'autre n'est en mesure de t'apporter la paix car il est terrifié par la similitude des angoisses qui nous traversent tous.

Quand j'étais jeune et que je m'excitais comme une folle, jusqu'à monter sur la table, pour défendre des opinions, tu me disais : « Tais-toi ! » Non parce que tu avais peur pour moi, mais parce que tu savais que très peu pouvaient écouter et entendre. Ne pas être entendu est une telle souffrance, tu voulais me l'éviter.

Alors aujourd'hui, sans le décider vraiment, j'ai voulu raconter mes impressions existentielles durant un temps bien défini. Cela m'a plus échappé qu'autre chose et je me suis dit : Pourquoi ne pas m'adresser à Papa, il a peut-être maintenant le temps de m'écouter ?

Toi, tu sais déjà tout de moi. À la perception de mon seul souffle, tu connaissais mon humeur, je savais que tu savais, j'étais rassurée instantanément. Oui, tu prenais ma main rapidement dans la tienne et tu me faisais passer à autre chose, l'air de rien.

Je suis la fille d'un homme qui n'a jamais voulu voir le monde tel qu'il est et d'une femme silencieuse, secrète et avare des émois de son âme.

Je suis la fille d'une génération d'hommes et de femmes qui ne savaient pas se parler, s'écouter, mais parfois savaient s'aimer. D'une génération déformée par la guerre, tueuse des espérances et des rêves. Enfants d'ouvriers qui n'avaient pas accès à la culture, à qui il était interdit de se penser autrement que comme des héritiers perpétuant un même mode de vie à l'infini. La guerre a broyé votre monde et vous a laissés perdus dans une modernité qui ne vous était pas vraiment destinée.

Maman, il a fallu des années pour que je puisse accepter de m'écrire, de me décrire. J'avais tellement intégré que moi non plus je n'avais pas la légitimité pour inscrire mon approche du monde. Je n'avais le droit que de relayer les mots des autres, et pour être sincère, j'en suis toujours persuadée. Tu m'as dit un jour, alors que je venais de répondre à une interview : « Comment une fourmi comme moi peut avoir une fille comme toi ? » Je t'ai répondu : « Mais sans toi, cette fourmi, je ne serais pas là et je ne répondrais à rien. »

Eh bien voilà, pour cette nouvelle aventure, c'est pareil.

Je t'embrasse, Maman, j'espère qu'il y a des magasins de chaussures dans ton lointain pays hypothétique, sinon tu dois être malheureuse !

Je tiens à remercier avant tout Sophie Lhuillier qui est venue me chercher et n'a jamais lâché ma main durant ce cheminement littéraire, ainsi que Véronique Olmi, Marion Vaque-Marti et Véronique Bouffard, mes toutes premières lectrices.

Et bien sûr, ceux qui m'accompagnent toujours, Robert, Valentine, Madeleine, et maintenant Mathieu et... Constantin. Ce sont eux qui me permettent de tenir sur mon fil de funambule.

RÉALISATION : NORD COMPO À VILLENEUVE-D'ASCQ
IMPRESSION : NORMANDIE ROTO IMPRESSION S.A.S. À LONRAI
DÉPÔT LÉGAL : JANVIER 2021. N° 146936 (2004456)
IMPRIMÉ EN FRANCE